KB197478

여자 셋이 모이면

집이 커진다

김은하 에세이

부담은 덜고, 취향은 채우고, 세계는 넓어지는
의외로 완벽한 공동생활 라이프

6년간 살던 좁은 집을 떠나 아파트로 이사했다. 네모나고 넓은 거실, 정남향의 창에서 쏟아지는 햇빛이 예쁜 집이다. 여섯 명은 충분히 앉을 수 있는 거실 테이블에 앉아 창밖으로 시선을 옮기면 커다란 나무가 바람에 흔들리고, 베란다에서는 애지중지 기르는 화분이 새잎을 틔우는 집. 아, 자취 12년 만에 드디어 갖게 된 나만의 방도 있다. 먼 훗날 집을 산다면 이런 집이겠지, 상상만 하던 아파트에 서른이 되어 입주했다. 물론 자가는 아니다. 서울 한복판에 있는 오래된 아파트에서 나는 월세살이를 시작했다. 키우는 강아지 한 마리, 친구 두 명과 함께.

누구나 자가 마련을 꿈꾼다. 나 역시 본가를 떠나 자취를 시작한 후로 언제나 내 집을 원해왔다. 결혼하지 않기로 결심한 후로 그 욕망은 더욱 커졌다. 20평대 이상의 아파트를 갖고 싶었고, 언젠가 매수할 날이 오기를 기다리며 뼈가 빠지도록 일했다. 아파트에 살려면 매매밖에 방법이 없다고 생각했다. 왜 그랬을까? 살(Buy) 수는 없더라도 살아(Live) 볼 방법이 있었는데! 그때까지 열심히 모은 목돈을 친구의 목돈과 합쳐 보증금을 마련했고, 결국 나는 약 34평짜리 아파트 월세 계약서에 사인했다.

그 후로 내 일상은 완전히 바뀌었다. 아침마다 엄청난 채광량에 눈이 부셔 일어난다. 커진 냉장고에 좋아하는 채소를 잔뜩 넣어 두고, 필요할 때마다 꺼내 요리해 먹는다. 주말이면 친구들과 동네를 산책하며 커피를 마신다. 치킨 한 마리를 시키면 셋이서 남기지 않고 먹는다. 늦은 시각 귀가하면 룸메이트가 깨지 않게 뒤꿈치를 들고 조심히 걷고, 수건 빨래가 가득 차면 귀찮아도 반드시 돌려야만 하는 수고가 있지만 괜찮다. 함께여서 얻는 쾌적함이 그보다 백 배는 크니까.

어쩌면 넓은 집에 혼자 사는 게 더 좋을지도 모른다. 나는 살아보지 않아서 모르지만, 깨끗하고 넓은 집을 오롯이 나 홀로 사용한다면 훨씬 쾌적할 수도 있다. 하지만 청년에게는 좁은 집만을 허락하는 듯한 우리 사회에서 그렇게 살기란 쉽지 않다. 나도 그랬다. 손 벌릴 곳 없이 내 힘으로 이사해야만 했다. 혼자서 아파트로 이사하는 건 약 20년쯤 후에나 가능하리라고 판단했고, 나는 그렇게 오래 기다리기 싫었다. 단순하게 생각했다. 혼자는 못 하니까 '같이' 해 보자고. 그 결심이 있기까지의 지난 나의 과거와 현재까지 삶을 엮었다.

친구와 함께 살면 파국이라는 말을 나는 믿지 않는다. 일종의 도시 괴담이라고 생각한다. 향후 몇 년 이내 혹은 평생 결혼할 계획이 없다면, 작은 집을 벗어나고 싶은데 당장 큰돈이 없다면, 혼자는 조금 심심하다고 생각한다면, 나는 공동생활을 강력하게 추천한다. 집은 사람을 담는 그릇이니, 더 큰 그릇에 우리를 놓아 보자고 얘기하고 싶다.

미친 집값의 나라에서, 여자 셋이 모이면 집이 커진다는 명확한 사실 하나만 믿고서!

차례

2
나를
더 큰 그릇에 담고 싶어서

3
더할 것도, 뺄 것도 없이
지금 이 상태로 완전하다

나는 나만의 가족을
꾸릴 것이다, 결혼 없이

1

손바닥만 한 햇볕의 사용료는
한 달에 5만 원이었다

"자취는 절대 안 돼."

"집에서 다녀", "네가 서울에 있는 대학에 가기로 했으면 스스로 책임을 져야지", "통학이 힘들 걸 모르지 않았잖아"… 줄줄이 이어지는 부모님 말씀이 다 맞았다. 경기도에 있는 대학에 갔다면 이럴 일도 없다. 특히 엄마는 당시 적극적으로 나를 설득했었다. 마을버스로 통학할 수 있는 대학에 가면 용돈도 매달 넉넉히 줄 테니 제발 편히 다니라고 했다. 그 후의 전개는 예상하기 쉽다. 나는 엄마의 말을 귓등으로도 듣지 않고 서울 소재 대학교에 합격하자마자 등록해 버렸다. 나중에 힘들다고 징징거리지 말라는 엄마의 말도 한 귀로 흘렸다.

　나는 하고 싶은 일이 있었다. 방송 프로그램을 만들고
싶었고, 이왕이면 성공한 PD가 되고 싶었다. 대부분의 방
송사는 서울에 있고, 공개 채용 합격자의 학력이 좋다는 사
실은 검색만 조금 해보면 고등학생인 나도 쉽게 알 수 있었
다. 원하는 게 확실한 상황에서 고민할 이유가 없었다. 우리
나라에서 손꼽히는 일류 대학에 갈 수 없다면 서울에라도
진입해야 했다. 그때까지는 경기도민이 빨간 버스에서 얼
마나 오랜 시간을 보내는지 몰랐기에 호기롭게 대학 생활
을 시작할 수 있었다. 하지만 스무 살의 기세는 한 달도 되
지 않아 꺾였다. 통학길은 생각보다 괴로웠기 때문이다.

　학교까지 가는 루트는 간단했다. 집에서 나오자마자
정류장이 있었고, 그곳에서 버스를 타면 서울역까지 한 번
에 갔다. 서울역에서는 지하철이나 버스를 타고 학교까지
갈 수 있었는데 지하철로는 한 정거장, 버스로는 두 정거장
거리였다. 역에서 나와 15분 정도 걸으면 학교에 도착했다.
총 2시간 남짓의 여정이었지만 이것도 차가 막히지 않는다
는 전제가 있어야 가능한 일이었다. 출퇴근 시간에는 지옥

이 따로 없었다. 9시에 첫 수업이 있거나 마지막 수업이 5시에 끝날 때면 학교에서 집까지 3시간은 족히 걸렸고, 버스에 갇혀 있는 만큼 내 정신은 피폐해졌다. 출퇴근 시간에 빨간 버스에 몸을 실으면 남산 터널에서만 30분은 허비해야 했다. 나는 그렇게 버리는 시간이 아까워 어쩔 줄을 몰랐다. 차라리 도로가 뻥 뚫려 있을 늦은 시간에 막차를 타고 집에 가는 편이 좋았다. 학교가 끝나도 집에 가지 않고 시간을 때우는 날이 많아졌고, 어느 순간부터 나는 가정불화의 주범이 되어갔다. 나도 늦은 귀가를 이유로 엄마와 싸우고 싶지 않았지만 그렇다고 하루에 6시간씩 허공에 날리고 싶지도 않았다. 가장 절망적인 건 이 통학길을 앞으로도 3년은 더 견뎌야 한다는 사실이었다. 결국 2학기까지 끝마치고 나는 독립을 선언했다. 계속 이렇게 살 순 없었다.

"못 다니겠으면 관둬."

내 얘기를 듣던 아빠가 결국 강수를 뒀다. 그것 또한 책임이라는 게 요지였다. 무슨 말인지는 이해했으나 나는 졸업장이 꼭 필요했기 때문에 과감히 맞불을 붙였다.

"그래. 그럼 다음 주에 자퇴 원서 낼게."

중간에서 불안한 눈빛으로 쳐다보는 엄마의 표정을 읽었다. '얘는 진짜 자퇴할 앤데 어떡하지?' 하는 우려가 엿보였다. 나는 승리를 예감했다. 부모님은 나를 한 번도 이긴 적이 없었다. 그렇게 나는 독립했다. 조건은 딱 하나였다. 원룸이나 오피스텔처럼 혼자 생활하는 자취는 안 되고 반드시 하숙집이나 고시텔일 것. 거절할 이유가 없었다. 그 길로 바로 학교 앞에 방을 구하러 달려갔다.

고시텔의 첫인상은 강렬했다. 엘리베이터에서 내려 담배꽁초가 수북이 쌓인 재떨이를 지나 출입문을 열면 어두운 카운터가 나온다. 그 밑의 신발장에는 사용감 넘치는 신발이 산처럼 쌓여 있다. 벽 쪽으로 줄지은 방은 언뜻 봐도 십수 개는 됐는데, 그렇게 두 개의 구역이 더 있었으니 서른 명 넘게 같은 층에 거주하는 셈이었다. 청결과는 거리가 멀어 보이는 샤워실이 복도마다 한 칸씩 있었다. 방의 크기는 더더욱 충격이었다. 성인 여성이 겨우 몸을 누일 수 있는 크기의 싱글 침대 하나와 작은 책상만으로 모든 공간이 꽉 차 있었다. 아주 작은 냉장고 하나, 천장에 겨우 붙어 있는 옷걸이까지… 어떠한 공백도 용납할 수 없다는 듯 빈틈없이 자리 잡고 있었다. 내부에 샤워실이 있는 방도 있었는데 선 채로 몸을 절대 움직이지 않아야만 씻을 수 있을 것 같았다. 샤워실 문은 그 기능이 의심될 정도로 조악한 형태였고, 한쪽 벽에 피어 있는 곰팡이를 보자마자 의심은 확신이 되었다.

방의 옵션에 따라 월세도 달라졌다. 샤워실도, 창문도 없는 방은 월에 35만 원이었다. 샤워실이 있고, 복도 쪽으로 창문이 있다면 40만 원을 내야 했고, 외부와 이어진 창문이 있다면 또 5만 원이 올라 월세는 45만 원이 됐다. 손바닥만 한 창문의 이용료가 5만 원이나 된다는 사실을 믿기 어려웠지만, 그때는 내가 쬘 수 있는 햇빛보다 5만 원이 더 아쉬웠기 때문에 나는 40만 원짜리 방을 골랐다.

서울에 집이 없고, 모아둔 돈도 없는 내가 고를 수 있는 선택지는 딱 이 정도였다. 좁은 집이 사람에게 미치는 영향을 상상도 못 한 채 내 인생 첫 번째 자취 생활이 시작됐다.

1평짜리 방에서 흘린
3분 카레 맛 눈물

"여기가 개인 공간이고요,
공용 주방은 저쪽에 있어요. 한번 보세요."

면적 대부분을 1인용 침대가 차지할 정도로 방은 작
았다. 반대편에는 작은 책상이 하나 있었고, 한치의 여백도
허용하지 않겠다는 듯 천장까지 수납공간이 짜여 있었다.
고시텔 방은 정말이지 숨 막힐 정도로 협소했다. 이렇게 작
은 '집'은 처음이었기 때문에 당황했지만 그나마 여성 전용
고시텔이라는 장점 하나를 위안 삼아 나는 고시텔에 입주
했다.

고시텔은 초기 비용이 적게 들었다. 보증금 없이 월세만 내면 살 수 있었다. 위치도 정말 좋았다. 학교 정문까지 걸어서 5분도 걸리지 않는 곳에 있었다. 자취만은 안 된다는 부모님 때문에 나에게는 고시텔과 하숙집이라는 두 개의 선택지뿐이었는데, 늦게 귀가하면 하숙집 주인의 눈치가 보일 것 같아 고시텔이 더 끌리기도 했다. 여러 개의 방이 다닥다닥 붙어 있는 구조인지라 웬만하면 구석에 있는 방에 살고 싶었지만 아쉽게도 먼저 입주한 사람들이 많아 방의 위치를 선택하는 호사는 내게 주어지지 않았다. 결국 벽 하나를 사이에 두고 양쪽에 타인이 사는 가운뎃방에 살게 됐다.

처음에는 줄어든 통학 시간만으로 행복했다. 왕복 5시간의 통학길로 이미 지칠 대로 지쳐 있었기 때문에 무엇보다 수업 시간 15분 전에만 일어나도 출석할 수 있어서 편했다. 불가피한 공강 시간에 갈 곳이 있다는 것도 좋았다. 매번 한두 시간 정도 시간이 뜨면 카페에 가서 쓸데없이 돈을 썼는데 그럴 필요가 없었다. 그 시간에 샤워를 할 수도, 잠시 눈을 붙일 수도, 공부를 할 수도 있었다. 짐을 바리바리 싸 들고 다닐 필요가 없다는 것도 엄청난 장점이었

다. 서울에 살고 있다는 차이 하나로 이전보다 덜 긴장하며
살고, 조금 더 실수해도 수습하기가 수월했다.

하지만 언제나 기쁨이 있으면 슬픔도 고개를 드는 법
이다. 통학에 힘을 빼지 않아도 된다는 장점 말고는 고시텔
생활의 좋은 점을 찾기 어려웠다. 우선 타인과의 동거 아닌
동거가 쉽지 않았다. 별 의미 없는 가벽은 소음을 완벽히
막아주지 못했다. 옆방 거주자의 통화 소리가 벽을 타고 그
대로 내 귀에 꽂혔다. 이어폰을 귀에 꽂고 노래를 크게 틀
거나 가끔은 벽을 치며 나름대로 항의했으나 스트레스는
줄어들지 않았다. 내 방 맞은편에는 공용 샤워실이 있었는
데 그 소음도 대단했다. 혼자서 조용히 좀 있고 싶어도 그
럴 수 없었다. 고시텔에서는 단 2평만이 내게 허락된 공간
이었기 때문에.

영양실조 판정을 받았던 것도 고시텔에 살던 때였다.
냉장고의 크기가 작아지면 식사의 질이 떨어진다는 사실
도 그쯤 깨달았다. 내 방에 있던 냉장고는 30센티미터 높
이의 아주 작은 냉장고였는데, 식재료를 보관하기엔 턱없
는 크기였다. 평소 좋아하던 샐러드나 과일을 챙겨 먹기에

고시텔은 좋은 환경이 아니었다. 냉장고가 작아 신선 식품을 보관할 공간이 없으니 상온에 오래 둬도 상하지 않는 가공식품을 더 자주 구매했다. 공용 주방에서 밥을 푸고 레토르트 식품을 전자레인지에 돌려 대충 식사했다. 그마저도 공용 주방에는 점심 저녁으로 사람이 많아 불편하고, 바퀴벌레도 자주 출몰해 나는 점점 학교 구내식당을 애용했다. 건강식을 챙겨 먹는 건 분에 넘치는 일이었다.

내 방은 불 하나만 끄면 완벽한 암실이 됐다. 바깥으로 난 창문이 없어 자연광이 들어올 틈이 없었다. 어느 날엔 개운하게 잠을 자고 일어나 오전 수업을 가려 했는데, 한밤중이라 다시 잠을 청했다. 두 시간쯤 더 자고 일어났을 때도 똑같이 깜깜해 시계를 봤더니 이미 오후 4시였다. 오전 수업은 당연히 결석이었다. 주변 소음 때문에 밤늦게까지 잠 못 이루다 겨우 일어났을 땐 이미 해가 중천에 떠 있는 날도 많아졌다. 그곳에 사는 동안 단 한 번도 고시텔이 내 집이라는 느낌을 받지 못했다. 괜한 무기력감에 휩싸이는 듯해 운동을 시작했다. 방에서는 몸을 움직일 수 없었기 때문에 밖에서라도 많이 움직여줘야 했다.

나는 잘 살아 보려고 노력했다. 학교 체력단련실에 등록해 매일매일 운동을 했다. 한낮에는 해를 쬐러 일부러 외출해 하루에 30분이라도 바깥 공기를 마셨다. 고시텔에는 낮과 밤이 존재하지 않았으니 나는 공원 벤치에 앉아서 해가 뜨고 진다는 사실을 의식하려고 애썼다. 친구들도 자주 만났다. 숨죽여 이야기하지 않아도 괜찮은 그 시간이 즐거웠다. 고시텔에서는 잠만 자려고 했다. 다행히 학생이었던 나에게는 이용 가능한 시설이 많았다. 도서관에서 책을 읽거나 시험공부를 하고, 과방에서 커피를 마시며 시간을 보냈다. 하루를 밖에서 꽉 채워 살다가 고시텔에 들어가면 그날은 꽤 괜찮게 지낼 수 있었다.

고시텔에서 세 계절을 보내고 가을이 지날 때쯤 의문이 들었다. 이게 사람 사는 건가? 방음, 환기, 채광, 그 무엇도 제대로 되지 않는 공간에서 이렇게 살아도 되나? 고시텔은 사실상 주거 공간으로 쓰이지만, 주택법상 비주택으로 분류되어 최저주거기준을 지키지 않아도 괜찮았다. 이곳에 거주하는 사람은 인간도 아니라는 건가? 더 짜증 나는 부분은, 아무리 고시텔 생활이 힘들어도 통학보다는 낫다는 점이었다. 통학에 왕복 5시간이 걸리지만 '읍, 면, 리'

거주자가 아니라서 기숙사에는 들어갈 수 없는 경기도민의 신세가 한탄스러웠다. 현실과 동떨어진 온갖 제도에 불만을 품기 시작했던 것 같다.

아직도 잊히지 않는 어느 저녁이 있다. 그날도 나는 평소와 똑같은 하루를 보냈다. 아무런 일도 일어나지 않아 오히려 서러운 날이었다. 학교에서 수업을 들었고, 학교 후문 벤치 앞에 멍하니 앉아 시간을 보내다 걸음을 옮겼고, 꽁초가 수북이 쌓인 재떨이를 지나 고시텔 현관을 열었다. 열쇠로 내 방문을 열고 겉옷을 대충 침대 위에 던진 뒤 선반에서 3분 카레를 익숙하게 꺼내 주방으로 향했다. 전자레인지에 3분. 밥을 퍼서 방에 돌아와 식사를 시작하던 그때, 눈물이 났다. 카레 맛 눈물인지, 눈물 맛 카레인지 정신을 차릴 수 없을 정도로 서러웠다. 밥을 꾸역꾸역 퍼먹으며 생각했다.

'고시텔 생활은 1년으로 족하다.
이쯤에서 무슨 수를 써서라도 청산해야겠다.'

처음이라 설레고, 처음이라 서툴렀던

| 오피스텔 이야기 |

그 무렵 내게는 급격히 가까워진 후배가 한 명 있었다. 전국 고등학교 학생회장들이 모여 만든 단체에서 알게 된 한 기수 아래 동생이었다. 그 동생은 인천에 있는 본가에서 성북구의 성신여자대학교까지 통학 중이었다. 딸을 가진 여러 부모가 그렇듯 그 친구의 부모님도 자취만은 결사반대하셨고, 나는 고시텔 생활에 진저리를 치고 있었다. 우리는 머리를 맞대고 자취 계획을 세웠다. 혼자서 집을 탈출하는 것보다는 동지를 구하는 편이 더 쉬워 보였다. 아무리 고시텔이었어도 지난 1년간 바깥에 나와 살아서 그런지, 후배와 함께 자취한다고 해서 안심하셨는지 모르겠지만 부모님의 허락을 받아냈다. 우리는 남영역 앞에 있는 8평짜리

오피스텔에 입주했다.

더 좋은 집으로 이사한 뒤로 주거 비용도 조금 늘었다. 보증금 1,000만 원에 월세 68만 원. 관리비 12만 원에 공과금 별도. 둘이 나눠 내면 40만 원 +α의 금액이 들었다. 공과금에 따라 매달 많게는 십몇만 원의 돈이 더 들었지만 지불할 가치는 충분했다. 고시텔에서 오피스텔로 이사한 후로 많은 게 바뀌었기 때문이다. 마치 천지가 개벽한 느낌이었다. 가장 큰 변화는 바깥으로 난 커다란 창문이었다. 이제는 시계를 보지 않고도 아침이 왔다는 사실을 알 수 있었다. 그게 얼마나 큰 기쁨인지 볕이 들지 않는 곳에 살아본 사람만 알 것이다. 좋은 점은 그뿐만이 아니었다.

고시텔에서 느끼던 고립감이 많이 사라졌다. 1평짜리 침묵의 방에서 숨죽인 채 보내던 밤은 옛말이 되었다. 고시텔은 방음이 전혀 되지 않아 옆방 거주자가 친구와 무슨 얘기를 나누는지 모두 알 수 있었다. 귀가와 동시에 나는 입을 다물고 다른 세입자를 마주치지 않으려 후다닥 레토르트 식품을 데워 먹곤 했다. 오피스텔에서는 그럴 필요가 없었다. 룸메이트와 수다를 떨며 야식을 먹어도 괜찮았고,

사람이 필요한 어느 밤에는 친구를 초대할 수도 있었다. 여섯 명은 충분히 둘러앉을 수 있는 공간에서 내가 원할 때 요리했다. 사람 사는 집 같았다. 타지에 나와 처음으로 정을 붙인 공간이 생긴 셈이었다.

안전감도 느낄 수 있었다. 건물 1층에는 야심한 시각을 제외하고 관리인이 상주했다. 고시텔까지 가는 길은 어둡고 좁은 골목이라 귀가할 때마다 긴장했지만 오피스텔은 역에서 1분 거리인 대로변에 있었다. 집까지 가는 길이 밝고 사방에 CCTV가 있어 밤길이 덜 무서웠다. 이 모든 편의를 포함한 값이라고 생각하면 오른 월세가 별것 아닌 것처럼 느껴졌다. 이사로 얻게 된 것들을 생각하면 할수록 가치 있는 소비라고 생각했다. 오히려 고시텔의 월세가 그 공간에 비해 너무 비쌌다는 것만 체감할 뿐이었다. 나는 바뀐 환경에 맞춰 살아갈 준비를 했다.

당시 내 용돈은 한 달에 20만 원이었다. 교통비와 통신비, 책값을 제외한 순수 생활비 명목으로 받는 돈이었다. 적은 액수는 아니었지만 내 몫의 관리비 6만 원을 내면 수중에는 14만 원만 남았다. 생활하기엔 턱없이 부족했기에 아르바이트를 시작했다. 부모님께 알리면 용돈이 끊길까 봐 학교 앞에 있는 찜닭집에서 몰래 서빙 일을 했다. 동시에 과외도 시작했다. 나는 입학사정관제로 대학에 들어왔고 수많은 면접을 보며 생긴 나만의 팁이 있었다. 스피치는 자신 있었기에 알던 후배들을 시작으로 고등학교 3학년들의 입시를 컨설팅했다. 입소문이 나면서 경상도에 사는 학생까지 가르치게 되었다. 벌이는 나쁘지 않았다.

혼자가 아닌 삶은 제법 즐거웠다. 이사 초반에는 집들이도 거하게 했다. 함께 아는 후배들을 초대하거나 각자 친구를 소개하며 시간을 보냈다. 밖에서 생기는 크고 작은 불행은 집으로 돌아와 털어버릴 수 있었다. 하루 끝에 오늘 무슨 일이 있었는지 미주알고주알 얘기할 수 있다는 건 아주 큰 행복이었다. 장점은 더 있었다. 둘 다 대학생이었기 때문에 시험 기간에는 서로를 감시하며 공부했다. 1학년 땐 엉망이었던 학점이 점점 나아졌다. 집으로 돌아가는 밤길이 무서우면 서로를 불러내 같이 귀가하기도 했다. 내 일상은 확실히 안전해졌고, 삶의 질도 올라갔다. 하지만 모든게 끝까지 지속되지는 않았다.

새로운 행복은 금세 익숙해진다. 새해에 세운 거창한 목표가 일주일도 되지 않아 흐지부지되는 것처럼, 깔끔한 집에서 부지런히 살겠다는 나의 다짐 역시 빠르게 물거품이 됐다. 집안일을 해보지 않은 나는 청소에 영 소질이 없었다. 제대로 된 가구가 없어 짐을 둘 공간도 마땅치 않았다. 십몇만 원을 들여 가구를 사는 것보다 당장 밥 한 끼가 더 중요한 시기였으니, 지갑에 여유가 없는 만큼 집에도 여유 공간이 없었다. 음식물 쓰레기를 처리하는 방법이나 시기로도 의견 충돌이 있었다. 우리는 서먹해졌다가 다시 신나게 놀기를 반복했다. 문제를 해결할 정확한 방법보다는 관계에 기댄 시간이었다.

그때는 서로의 삶을 잘 이해하지 못했다. 어린 나의 시야는 좁았고, 세상은 딱 그만큼 작았다. 지금은 여러 룸메이트를 거치며 타인의 삶을 이해하고 배려하는 마음을 갖게 됐지만 20대 초반에는 그렇지 못했다. 상대도 마찬가지였다. 집에서 맥주 한잔 마시는 낙으로 사는 나와 술을 입에도 대지 않는 룸메이트는 종종 서로를 이해하지 못했다. 그때의 나는 룸메이트를 정말 '룸메이트'로만 생각했던 것 같다. 하나의 공간을 공유하고 뭐든지 반반씩 부담해야 하는 사이. 그 비율에 차이가 생길 때면 신경이 예민해졌지만, 나의 마음을 건강하게 표현하는 방법을 몰라 숨기기 바빴다. 그 생활을 오래 유지하기는 어려워 보였다.

그렇게 1년쯤 지나고 마침 오피스텔 계약 기간이 끝나가고 있었다. 대학교 4학년을 앞둔 시기였기 때문에 나는 일을 줄이는 대신 더 저렴한 방으로 이사해야겠다고 마음먹었다. 같이 살던 후배는 다음 학기 등록을 할지 말지 고민 중이라 우선 본가로 돌아가야 할 것 같다고 했다. 혼자 독립하자니 매달 50만 원의 월세를 감당할 자신이 없었는데, 타이밍 좋게 고등학교 동창 한 명이 상경할 생각을 하고 있었다. 그 길로 부동산에 가 몇 군데 보지도 않고 덜컥 계약했다. 집을 보는 안목도 부족할 때라 신축이라는 장점뿐인 5평짜리 원룸이었다. 보증금 500만 원에 월세 58만 원. 주거 비용은 다시 약 30만 원으로 줄었고, 두 번째 룸메이트와의 동거가 시작됐다.

진담을 농담처럼 하는 여자

| 투룸 입성기 |

친구와 함께한 두 번째 자취 생활은 꽤 괜찮았다. 친구는
동대문 의류 업계에서 일해 저녁 8시에 출근했고, 나는 저
녁에 시간이 많은 학생이었으니 우리는 얼굴을 보기도 쉽
지 않았다. 침대 하나 없이 같은 이불을 덮고 살아야 하는
환경에서 제법 덤덤하게 2년간 살았다. 하지만 친구의 이
직으로 우리는 떨어져야만 했다. 나는 이번에도 혼자 살 생
각이 없었다. 지금도 함께 사는 린과 자취를 시작한 것도
이때부터다.

새로 이사한 원룸은 청파동1가와 서계동의 경계에 있
었다. 서울역 15번 출구로 나와 언덕배기를 쭉 올라가다

보면 나오는 동네였다. 유동 인구가 적고 오피스 상권도 아니어서 동네는 굉장히 한적했지만, 청파동2가에 위치한 학교와는 거리가 조금 멀었다. 계속해서 통학 5분 이내 거리에만 살던 내가 그럼에도 그 집을 선택한 이유는 바로 창문의 크기였다. 햇빛이 조금이라도 더 드는 집에 살고 싶었다. 이전 룸메와 살던 원룸은 5평짜리로, 둘이 살기엔 너무 작았기 때문에 방 또한 좀 더 커지길 바랐다. 그러려면 대학가를 벗어나야만 했다. 학교와 멀어지면 멀어질수록 방은 커지고 임대료는 낮아졌으니까.

큰 창문과 넓은 평수를 얻은 대신 변두리로 밀려난 나는 어느새 취업준비생이 되었다. 45만 원을 룸메이트와 나눠 냈으니 월세는 많이 줄었지만 그만큼 더 걸어 다녔다. 여름이 오자마자 지옥이 시작됐다. 평지만 걸어도 땀이 뻘뻘 나는 날씨에 그 언덕길을 하루에 몇 번씩 오가야 했기 때문이다. 돈이 없으면 몸이 고생하는 법이구나, 잔인한 사실을 한 번 더 깨우치며 그 시간을 버텼다. 가장 고역일 때는 아르바이트가 끝나는 새벽 한두 시쯤이었다. 걸어가기엔 무서워서 택시를 타고 싶었지만 종착지가 너무 가깝고, 가는 길이 골목이라는 이유로 매일 승차 거부를 당했다. 동네 이웃이던 남자 부사장님이 택시를 잡을 땐 그런 일이 없었는데 말이다. 결국 나는 퇴근 시각이 지나도 부사장님이 마감하길 기다렸다가 같이 택시를 탔다. 그 시기에는 독기가 바짝 올랐던 것 같다. '취업만 하면 이 거지 같은 생활 청산한다…' 혼잣말을 매일매일 되새겼다.

하지만 그 집에는 낭만이 있었다. 우리 집은 꼭대기인 4층이었는데 바로 위층인 옥상에 올라가면 남산타워가 보였다. 산을 오르다 정상에서 만난 바람처럼, 힘든 하루를 마치고 5층까지 꾸역꾸역 올라가면 환상적인 야경이 나를 반겼다. 나는 그 옥상에서 많은 시간을 보냈다. 공부가 유난히 힘들게 느껴지면 남산타워를 바라보며 하염없이 멍을 때렸다. 방송국 필기시험을 본 날엔 언론고시반 동기와 돗자리 하나, 위스키 한 병을 챙겨 노을을 보며 술을 마셨다. 취업 준비를 하느라 지갑과 마음에는 여유가 없었지만 친구들과 음악을 듣고, 술에 취해 시를 나눈 모든 순간이 청춘이고 아직도 생생히 기억할 정도로 내 인생에서 중요한 페이지다.

반려견 구름이도 그 동네에 살 때 만났다. 우리는 6월

에 만나 여름과 가을을 함께 보냈고, 김구름 견생 최초의
함박눈도 그 옥상에서 맞았다. 지겹게만 느껴졌던 골목길
과 언덕도 구름이와 같이 걸으면 견딜 만했다. 하얗고 작은
강아지 주제에 목소리는 얼마나 큰지 밤에는 왠지 마음이
든든해질 정도였다. 구름이가 오고부터 시간이 쏜살같이
지나갔다.

계약 기간이 끝나기 전에 취업해서 원룸을 탈출할 줄
알았는데 애석하게도 나는 취업하지 못한 채 다음 계약 시
즌을 맞이했다. 어쩔 수 없이 연장해야겠다고 생각하던 와
중에 또다시 여름이 왔다. 무더위에 언덕길을 오르다 보니,
이 집에서 보내는 여름이 아무리 낭만적이어도 두 번이면
족하다는 생각이 들었다. 그해 가을이 올 때쯤 집 구하는
어플을 습관처럼 켜서 의미 없이 스크롤을 내리다가 어느
집을 본 순간 나는 멈칫했다. 사진만 봐도 느낌이 오는 집
이었다.

우선, 투룸이었다. 그게 가장 중요했다. 작은방 하나
와 그보다 두 배는 커 보이는 큰방 하나에 다소 좁고 모양
은 이상하지만 거실이 있었다. 집 안의 벽면은 밝은 톤의

나무로 채워져 있어 더욱 따뜻해 보였고, 거실의 층고가 매우 높아 펜션 같은 느낌을 줬다. 거기서 끝나지 않았다. 거실에는 바깥으로 통하는 문 하나가 더 있었는데, 그 문으로 나가면 무려 테라스가 있었다. 하지만 거대한 벽이 있었다. 내 수중에는 돈이 없었다. 그 집은 보증금 1,500만 원에 월세 95만 원짜리였다. 보증금 500만 원짜리 원룸에 살던 내게 1,000만 원의 여유 자금이 있을 리가 없었다. 두 배나 비싼 월세 또한 문제였다. 하지만 마음을 빼앗겼다면 그게 뭐든 나는 반드시 쟁취하는 편이다. 우선 직접 매물을 확인하러 나섰다. 문제야 해결하면 그만 아닌가.

중개업자와 함께 그곳에 방문하자마자 나는 사랑에 빠졌다. 위치부터 환상적이었다. 대학로인 청파동2가 한복판에 있었다. '이 건물에 집이 있다고?' 할 정도로 등교할 때 자주 지나친 건물이었다. 4층짜리 건물의 꼭대기 층이었는데 3층까지는 사람이 살지 않는다는 것도 아주 마음에 들었다. 그때 살던 빌라는 한 층에 8세대 이상 살고 있어 현관문이 여닫힐 때마다 구름이가 짖어대서 고생을 많이 했기 때문이다. 마음으로는 이미 이사를 마치고 큰방에서 뒹굴거리거나 테라스에서 맥주 한잔을 즐기고 있었다.

보증금도 없고, 당장 그 월세를 린과 둘이서 해결할 수 없다는 사실은 중요하지 않았다. 린은 그때를 회상할 때면 이렇게 말한다.

"처음엔 농담하는 줄 알았는데
언니 눈이 너무 돌아 있어서 이사할 줄 알았어.
언니는 언제나 진담을 농담처럼 하니까."

기존 세입자가 5년 가까이 살다가 좋은 일로 나간 집이라고 했다. 이전 사람이 장기간 살았다는 건 만족하며 살 만한 이유가 존재한다는 말로 들렸다. 마음에 쏙 들었지만 티 내지 않으려고 노력했다. 이전 세입자가 너무 오래 살다 나가서인지 도배와 장판 상태가 마음에 들지 않는다(상태는 괜찮았다)고 새로 해달라고 요청했다. 중개업자가 난처한 표정을 지으며 어려울 것 같다고 대답했으나 거기서 굴하지 않았다. 화장실 안 수납장까지 들먹이며 몇 차례 전화를 걸었다.

"2년에 한 번씩 이사하기 지겨워서
저도 오래 살고 싶은데요, 도배 좀 해주세요."

결국 집주인이 다른 수를 내놓았다. 그 벽지가 최고급 벽지고 아직 괜찮으니 대신 월세를 깎아주겠다는 말이었다. 오히려 좋았다. 월세가 90만 원이 됐다. 여전히 나에겐 너무 비쌌지만 입주가 더 중요했다. 거기서 꼭 하고 싶은 일이 생겼기 때문이다.

"여기서 시트콤 찍으면 좋겠다.
이 집으로 이사할래."

그해 공채가 마무리되고, 또 1년을 기다려야 하는 시점이었다. 끝이 안 보이는 취업 준비에 나는 지치기보다는 화가 나 있었다. PD가 되어 얼른 뭐라도 만들고 싶은데 기회가 주어지지 않는 상황이 답답했고, 이듬해 가을까지 다시 공부만 하며 기다리기엔 몸이 근질거렸다. 내가 직접 판을 벌여야겠다고 생각하던 중에 그 집을 보니 평소 좋아하는 장르였던 시트콤을 찍고 싶어졌다. 월세가 저렴한 하숙집에 모여 사는 20대의 이야기를 주제로 여러 캐릭터가 떠올랐다. 취업도 못 하고, 어딘가 부족하고, 되는 일 하나 없는 청춘이지만 그게 그들의 잘못만은 아닐지도 모른다는 내용을 담고 싶었다. 이사하지도 않았는데 그 집에서 촬영하는 모습이 머릿속에 펼쳐졌다. 새집에서 새로운 패러다임을 열 수 있을 것만 같았다. 어쩌면 모든 걸 새로 시작하고 싶었는지도 모르겠다.

　결정은 쉬웠으니 수습을 빠르게 해야 했다. 남은 1,000만 원을 어디서 구하느냐가 가장 큰 문제였다. 가장 먼저 엄마에게 말했다. 더 이상 원룸에 못 살겠으니 500만 원만 빌려달라고 했는데 내 예상보다 흔쾌히 알겠다는 답변을 받았다. 취업하면 상환하는 조건에 무이자로 500만 원을 꿨다. 나머지 500만 원은 정말 답이 없었다. 그때 내가 일하던 가게 사장님이 사정을 듣더니 놀라운 말을 툭 던지셨다. 남은 돈 보태줄 테니 이사하라는 말이었다. 그렇게 나는 기적적으로 계약을 마치고 투룸에 입성하게 됐다. 아, 큰 문제였던 비싼 월세도 해결했다. 룸메이트 한 명을 더 들여 3인 가구를 만드는 방법으로.

비로소
3인 가구의 세계로

겨울이 한창이던 12월. 새 학기의 분주함이 가득한 청파동 어느 골목길. 좁은 계단을 내려가면 작은 바 하나가 있었고 나는 거기서 아르바이트하는 초보 바텐더였다. 제법 손맛이 좋아 내가 만든 칵테일을 찾는 손님도, 수다 떨며 시간을 보내기 위해 찾아오는 친구들도 많아서 매장 안은 굉장히 북적였다. 자정을 훌쩍 넘겨야 그나마 한산해졌다. 그날도 그랬다. 한동안 정신없이 바쁘게 뛰어다니며 술을 만들고 설거지하다 정신을 차리니 바가 조용했다. 다 씻은 잔을 핸들링하며 닦아내는데 어디선가 훌쩍거리는 소리가 들렸다. 제일 안쪽 자리에 앉은 대학생이었다. 들어 보니 술에 취한 사장님이 별것도 아닌 일로 말을 막 뱉은 눈치였다.

다소 과격한 표현을 사용했는지 상처받은 신입생이 눈물을 쏟게 된 것이다.

난감했다. 뒷정리도 다 하고 퇴근 시간이 다가왔는데 쉽게 발길이 떨어지지 않았다. 과 후배가 나와 함께 노래방에 가겠다고 기다리고 있었는데 차마 그 가련한 신입생을 두고 나가기란 쉽지 않았다. 그 신입생은 위로하면 할수록 닭똥 같은 눈물을 더 쏟아냈다. 결국 가게를 마감하고, 계단을 올라가 셔터를 내리고, 사장님이 퇴근할 때까지도 그 울음은 멈추지 않았다. 까마귀 우는 소리가 귓가에 울리는 듯했다. 적막. 골목길 앞에서 나, 신입생, 과 후배 셋이서 아무 말 없이 서 있게 된 것이다. 잘 아는 사이가 아니니 평소 친구들을 위로하듯 대할 수도 없었다. 날은 춥고, 코 먹는 소리는 계속되고, 후배는 당장이라도 노래를 부르고 싶은 눈치였다. 에라 모르겠다, 일단 뱉어나 보자.

"거기서 울지 말고 같이 노래방 갈래요?"

코끝이 새빨간 눈앞의 여자와 3인 가구를 꾸리게 될 줄도 모른 채 그렇게 인연이 시작됐다.

바에서 일하면 여러 사람을 만난다. 손님들은 대부분 자신의 기쁨, 슬픔, 우울 등 여러 감정을 안고 찾아오는데, 사는 이야기를 나누며 그 감정을 공유하는 것도 바텐더 업무의 일부다. 일하는 동안 모르는 사람과도 잘 소통하는 법을 깨달은 덕분에 나는 많은 친구를 사귀었다. 동네 친구, 같은 학교 다른 학번인 동생들까지 약 3년간 일하며 좋은 인연을 많이 만났다. 현지도 그중 하나였다. 나보다 다섯 살이나 어린 체육교육과 동생. 큰 키에 듬직한 체형, 자기주장이 강한 이목구비 덕에 눈에 띄는 친구였다. 당시 스무 살 신입생이던 현지는 방앗간처럼 우리 가게에 드나들었고 노래방 사건 이후로는 종종 연락을 나누는 언니 동생 사이가 되었다.

그로부터 약 1년이 지난 2017년 가을. 돈도 없는 주제에 무작정 투룸으로 이사해 버린 나는 한동안 아랫입술을 뜯으며 지냈다. 90만 원에 가까운 월세를 해결할 방법은 역시 하나뿐이었다. 이사 전까지 반드시 룸메이트를 한 명더 구해야만 했다. 주변에 자취하는 사람은 많았지만 당장 몇 달 안에 집을 빼고 이사하기가 쉬운 일이 아니었다. 며칠간 전화번호부를 아무리 뒤져도 같이 살 수 있는 친구는 나타나지 않았고 시간은 계속 흘렀다. 입주가 한 달쯤 남은 시점이었을까. 친하지도 않은 현지가 그 순간 갑자기 왜 떠올랐는지는 그때도, 지금도 알 수 없지만 이미 내 손은 현지에게 카톡을 보내고 있었다.

현지 씨! 이다음에 이사 갈 집 구한다고 했었나요?!

이 메시지를 기점으로 모든 게 시작됐지만 기억나지 않는 순간이 많다. 노래방에서 현지는 노래를 불렀는지, 계속 울었는지. 후배와 내가 신나게 노래를 부를 때 현지는 무슨 반응을 했는지. 친하기는커녕 말도 안 놓을 정도로 거리가 있는 사람에게 나는 왜 동거를 제안했으며, 걔는 왜 또 그걸 수락했는지 전혀 알 수 없다. 그때까지 현지에게 나는 '불 뿜는 언니'였다고 한다. 다섯 학번이나 차이 나는데 여전히 학교에 다니고, 학교 앞 칵테일바에서 아르바이트하면서 불을 뿜는 선배. 나에게 현지는 소심하고 눈물이 많은 체대 덩치이자, 매장에 놀러 오면 가끔 서비스를 챙겨 주게 되는 단골이었다. 우리가 서로를 잘 알거나 모르거나 그건 중요한 게 아니었다. 일은 이미 벌어졌고 우리는 설레지 않는 반존대를 하며 어색하게 입주 청소를 하러 새집에 가고 있었으니까. "여기도 더 닦는 게 좋겠죠?", "네", "화장실은 제가 어떻게 해볼게요", "헤엑! 냉장고가 너무 더러워요" 따위의 말만 오가던 그날이 생생하다. 마트에서 새로 산 빗자루 두 자루를 뻘쭘하게 들고 서서 어찌해야 할 바를 모른 채 청소만 하던 그날. 언니병이 도져 그 없는 살림에 샌드위치 두 개를 사서 건네던 순간도 기억한다.

2017년 늦가을, 시트콤을 찍겠다는 평계로 계약한 투룸에서 나, 김구름(강아지), 린, 현지는 공동생활을 시작했다. 우리는 좀 더 가까워질 필요가 있었다. 입주 기념으로 린이 우리 셋의 잠옷을 다 다른 디자인으로 맞춰줬다. 완전체가 되었으니 함께 모여 맥주도 한잔 진하게 마셨다. 집안일을 할 때 중시하는 점을 서로 이야기하고, 조심해야 할 것들도 나눴다. 작은방을 현지 혼자, 큰방을 원래도 같이 살던 나와 린이 쓰기로 하고 사이좋게 지내기로 그날 밤 손가락 걸며 약속했다.

시간은 쏜살같이 흘렀다. 우리는 2018년 첫날의 카운트다운을 함께했고, 내가 만든 시트콤에 현지는 단역 배우로 참여했다. 유튜브 팀도 재미있어 보인다며 합류해 우리는 일까지 같이 하는 사이가 됐다. 내가 마침내 학교를 졸업할 때까지도 우리는 같이 살았다. 나의 반려견 김구름은 어느 순간부터 나보다 현지를 더 잘 따랐고 가끔 문을 열고 자면 내 옆이 아니라 현지의 옆구리 사이에서 잠을 청했다. 집 안일로 소소한 다툼이 발생하고 그로 인한 어색함에 침묵이 감도는 날도 있었지만 맥주 한잔을 곁들인 사과 한마디면 갈등은 금세 잦아들었다. 어떤 때는 서로를 쥐어박고 싶을 만큼 짜증 나지만 밖에서 기분 나쁜 일을 겪고 왔다고 하면 내가 더 불같이 화냈다. 지난 동거와는 분명히 다른 지점이 있었다. 우리는 중간에 2년 정도 따로 살다가 다시 셋이서 살림을 합쳤는데, 서로를 다루는 방법을 알고 나니 조금은 더 평화롭게 생활할 수 있었다.

셋이 사니까 좋은 점이 많았다. 거주 비용이 20만 원 정도로 줄어들었고, 도서관에서 오래 공부하느라 집을 비워도 학생인 현지가 집에 있어 구름이가 심심할 일이 없었다. 현지가 갑자기 미라클 모닝을 시작해 새벽 댓바람부터 운동할 때마다 꼭 김구름도 데리고 갔는데, 덕분에 산책 횟수가 몇 배는 늘었고, 그때부터 구름이는 실내 배변을 하지 않는다. 셋 다 여유롭지 않은 신분이라 제대로 장을 봐 식사하지는 못했지만, 본가에 내려가지 않는 설날에는 떡 국을 끓여 먹으며 명절을 보냈다. 경상도에서 올라온 현지 는 서울에 와서 처음으로 이 집을 '집'으로 느낀다고 말했 다. 서울에서 만든 언니들이 어느 순간부터 가족처럼 느껴 진다고도 했다. 나도 그랬다. 서로를 가족이라고 느끼기까 지 우리의 관계도 한몫했겠지만, 집의 모양새와 크기가 집 이라고 부를 만했던 게 중요한 지점이라고 생각한다.

나와 린은 둘이서, 현지는 혼자서 작은 원룸에 살다가 이사를 왔으니 테라스가 딸린 투룸에서 우리의 일상이 바 뀌는 건 당연했다. 처음에는 더 이상 음식 냄새가 침구에 밸 일이 없다는 사실이 가장 감격스러웠다. 원룸에는 주방 이랄 게 없어 침대 옆에 상을 펴거나 작은 테이블을 두고 식사해야 하는데, 드디어 방문을 닫아 두고 밥을 먹을 수 있었다. 건물의 컨디션도 훨씬 좋았다. 대학가 한복판이라 는 위치, 거주하는 사람이 거의 없는 상가 건물이라는 것도 장점이었다. 가로등이 새벽까지 환하게 켜져 있고 큰길가 에 있는 집이라 밤길도 덜 무서웠다. 테라스로 향하는 문은 바깥으로 완전히 열리는 문이라 아침이면 활짝 열어두고 환기했다. 그러면 구름이는 꼭 테라스로 나가 일광욕을 하며 몸을 길게 늘였다. 모든 장면이 원룸에서는 볼 수 없던 광경이었다. 가만히 바라보고 있으면 모든 일이 잘 풀릴 것 같은 직감이 들 정도였다.

실제로 나는 그 집에서 정말 많은 성과를 이뤘다. 그곳에 들어가며 뱉은 말은 그 집에서 나오기 전에 모두 지켰다. 사장님께 빌린 돈은 룸메이트와 함께 1년 안에 다 갚았다. 엄마가 지원해준 500만 원에 더 빌려준 500만 원까지, 총 1,000만 원도 다 갚았다. 이사를 결심하게 했던 시트콤은 〈세상에 나쁜 애는 없다〉라는 이름으로 세상에 나왔고, 후배들을 모아 팀을 결성해 유튜브 채널을 오픈했다. 우리는 제작 지원을 받아 평소보다 규모가 큰 웹 예능 프로그램을 만들었고, 입소문을 탄 덕에 실버버튼도 받았다. 대학을 졸업하고, 일자리도 구했다. 작은방에서 졸업 기념 파티를 열고 테라스에서 친구들과 노래를 불렀다. 오래 꿈꿔왔던 창업을 두 번이나 했고, 대학원에도 입학했다. 첫눈에 사랑에 빠질 만큼 느낌이 좋았던 그 집은 나를 실망하게 하지 않았다. 좋은 기운을 주는 집에 들어가 기회가 왔을 때 놓치지 않고 잘 잡았다고 생각한다.

3인 가구를 꾸려 경험한 공동생활이 가장 큰 장점이자 다행인 부분이다. 물론 우리 셋의 관계가 처음부터 끝까지 항상 평화롭지는 않았다. 때로는 뚱하고, 싸우고, 화해했다. 현지가 중간에 2년간 다른 집에 사는 동안에는 두 명의 룸메이트가 우리 집을 스쳐 갔다. 여기서만 네 명과 살아본 셈인데 시간이 갈수록 갈등은 줄어들었다. 여러 시행착오를 겪었기 때문일 것이다. 성격과 취향, 생활 습관이 모두 다른 타인과 함께 살아본 경험은 밖에서도 다른 사람들과 관계를 맺는 데 좋은 자양분이 되었다. 상대를 배려하는 태도, 상대의 감정을 알아채는 기민함과 필요한 것을 제공하는 센스, 악화된 관계를 회피하거나 끊어내지 않고 부딪히며 이어가려는 의지를 3인 가구로 생활하는 기간에 모두 얻었다.

비로소 3인 가구의 세계로, 내 삶의 터닝 포인트로 진입한 것이다.

룸메이트에서
라이프메이트로

첫인상은 왠지 모르게 포근했다. 사방이 아이보리 톤과 옅은 회색으로 인테리어가 되어 있었고, 바닥에는 밝은 톤의 강화마루가 깔려 있어 집 같은 따뜻한 인상을 줬다. 차분한 음악이 흘러나오는 넓은 대기실은 어느 물건 하나도 제자리를 벗어날 수 없다는 듯 깔끔했다. 그 어디도 어지럽히지 않고 가만히 앉아 있어야 할 듯한 분위기였다. 가만히 앉아 있자니 뭔가 머쓱하고(아무도 나를 쳐다보지 않지만) 어색해 한쪽 벽에 있는 정수기 앞으로 가 메밀차 티백을 꺼냈다. 뜨거운 물은 종이컵의 70퍼센트만 채우고 나머지는 찬물로 채워 바로 마셔도 괜찮은 온도로 차를 우리고 다시 자리에 앉았다. 다리가 달달 떨렸다. 그럴 만했다. 정신과에는 태어나 처음으로 가봤기 때문이다. "김은하 님, 들어오세요."
내 이름이 불리고 나는 도통 움직이지 않는 다리를 겨우
들어 진료실로 향했다. 넋을 약간 놓은 채 창밖의 남산타워
를 바라보는 내게 의사가 물었다.

"무슨 일로 오셨나요?"
"도대체 뭐가 문제인지 모르겠어요."

"보통 저는 문제를 잘 파악하는 사람이거든요"라고
덧붙였다. 정말 그랬다. 겉보기엔 아무 문제가 없었다. 하
지만 분명 어딘가에 문제가 있다고 느꼈다. 혼자서 해결할
수 없을 땐 전문가를 찾아야 하는 법. 주위 친구들이 많이
다니는 정신의학과에 방문해 상담받을 요량이었고, 시간이
없어 계속 미루다 결국 병원에 발을 들였다. 상담을 앞두고
나는 꽤 긴장한 상태였으나 내 생각보다 의사 선생님은 훨
씬 일상적인 질문을 던졌다. 요즘은 어떻게 지내는지, 어떤
때 스트레스를 느끼는지, 무슨 음식을 먹고, 어떻게 잠을
자는지 하는 것들이었다. 처음 만난 사람에게 오히려 비밀
을 잘 털어놓는 법이고, 나 또한 거리낌 없이 나의 일상을
술술 털어놓기 시작했다.

당시에 나는 그저 열심히 일하는 청년의 삶을 살고 있었다. 회사에서는 웹 예능 프로그램을 연출하고 친구들과 유튜브 채널을 운영하는 영상 업계 종사자였다. 요일 개념이 없다는 게 특이 사항이었다. 평일에 일하고 주말에 쉰다거나, 정해진 요일마다 일정하게 쉰다거나 하는 루틴이 없었다. 당장 이번 달 휴무가 언제인지조차 알기 힘든 일정이었다. 일의 특성상 어쩔 수 없는 부분이다. 회사는 일주일에 서너 번 출근하지만, 주말에 하루는 반드시 나가야 했고, 평균 주 1회 있는 촬영은 출연자의 일정에 맞춰야 해서 평일 저녁이나 주말 오전인 경우가 많았다. 갑자기 촬영이 잡히거나 미뤄지고 엎어지는 일도 익숙했다. 온갖 변수를 컨트롤하며 사람들과 소통하는 게 업무의 핵심이라 이는 나에게 스트레스가 되지는 못했다.

퇴근이 없다는 게 힘에 부치긴 했다. 그때는 방 구조를 한번 바꾼 후였는데, 같은 업계에서 일하게 된 현지와 내가 큰방을 쓰고, 린이 작은방을 혼자서 썼다. 나와 현지는 집에서 작업을 해야 해서 책상 두 개를 넣어 작업 공간을 마련했고, 자연스레 남는 공간이 줄어들었다. 퀸사이즈 침대 하나를 둘이서 같이 썼다. 새벽까지 일하다 그 옆에 있는 침대에 쓰러지듯 누워 잠들기 일쑤였다. 우리 방은 집이라기엔 사무실 같았고, 그렇다고 작업만을 위한 공간이라고 보기도 애매했다. 일과 삶이 전혀 분리되지 않았다. 누군가 먼저 잠들어도 한 명은 일하는 때도 많아 수면의 질도 낮아졌다. 키보드나 마우스, 외장하드 등 편집을 위해 필요한 장비가 많아 매번 밖에 나가 일할 수도 없었다. 참 피로한 나날이었다.

그래도 괜찮았다. 아니, 괜찮아야만 했다. 사회 초년생인 내가 고를 수 있는 선택지는 많지 않았다. 작업할 때마다 카페에 가면 그게 다 돈이었고, 방이 두 개인 우리 집은 원룸보다 훨씬 나은 환경이었다. 우리가 언제까지고 이렇게 지내지 않으리라는 확신이 있었기에 버틸 수 있었다. 나는 열심히 일해서 현지와 린을 데리고 몇 년 안에 더 좋은 집으로 이사하고 싶었다. 새해가 되면 둘을 앞에 앉혀 두고 1개년부터 3개년, 5개년의 계획을 세우라고 했다. 더 나은 미래를 위해 창대한 포부를 가져보자는 목적이었다. 그럼 현지와 린은 어리둥절한 표정으로 펜을 들고 몇 가지 소원을 끼적였다. 하지만 동생들은 아직 어렸고 미래에 대한 압박감을 그다지 느끼지 않는 편이었다. 마치 말 안 듣는 사춘기 자식을 가진 부모처럼 속이 답답했다. 마음이 괜히 조급해지고, 내가 어떻게 살아야 '우리'가 잘 살 수 있는지를 고민하기 시작한 것도 그쯤이었다.

"지금 룸메이트들에게

과한 책임감을 느끼는 것 같네요.

언제부터 그랬는지 생각해 볼까요?

어렸을 때부터 책임감이 높은 편이었나요?"

한 번도 생각해 보지 않은 문제였는데도 답변하기까지 오랜 시간이 필요하지 않았다. 책임감이 높다는 말은 나의 학창 시절 생활기록부 단골 멘트였다. "어…. 그랬던 것 같아요"라고 대답한 뒤 기억이 가물가물한 어린 시절부터 톺아보자 약간의 실마리를 얻었다. 나는 첫째 딸로 태어났고 연년생인 남동생이 있어 항상 의젓한 모습을 보여야 했다. 동생보다 학업 능력이 우수해 나의 입시에 거는 부모님의 기대가 컸다. 사춘기에 부모님께 징징대거나 힘들다는 말은 단 한 번도 꺼내지 않았고, "못해도 괜찮다"라는 말역시 들어 본 적이 없다. 아주 어렸을 때부터 나는 스스로할 수 있다는 확신 하나만으로 언제나 증명하며 살아왔는데, 그 사실을 상담 중에 처음으로 깨달은 것이다.

말하면서 뒤통수를 맞은 느낌이었다. 함께 자취하는 룸메이트의 의미가 많이 달라졌음을 느꼈다. 20대 초반의 나에게 룸메이트란 그저 공간만 공유하는 사이였다면, 지금은 그들을 온전한 가족으로 여기고 있었다. 계약 기간이 끝나면 어떻게 될지 거처가 불확실한 사이가 아니라, 남은 인생을 당연히 함께한다고 믿었다. 워낙 동고동락해서 그렇다고 생각했지, 기저에 책임감이 있을 줄은 몰랐다. 평소에 나는 장난식으로 동생들에게 "너희가 가장의 무거운 어깨를 아느냐" 따위의 소리를 하곤 했는데, 그게 진짜였다. 나는 같이 사는 현지와 린에게 일종의 책임감을 느끼고 있었다. 어떤 성장 과정을 거쳐 내가 어떤 특성이 있는 사람이 되었는지 파악하는 것만으로 답답함이 많이 해소됐다. 조금은 후련한 마음으로 진료실을 빠져나와 몇백 개의 질문으로 가득한 검사와 문장 완성 검사, 자율 신경계 검사까지 마친 후에 집으로 돌아갔다. 결과는 일주일 후에 나온다고 했다.

"일단, 결과만 보면

상담조차 필요하지 않은 정신 상태예요."

약간 머쓱해지는 결과였다. 나는 내 생각보다도 강한 정신력의 소유자였다. 타인에 대한 냉소가 돋보이나 문제 될 부분은 아니고, 자율 신경계 검사 결과도 양호하다고 했다. 하지만 지금은 젊어서 몸이 버티는 걸지도 모른다고, 계속 과로하다 보면 언젠가 문제가 생길 수 있다고 의사 선생님은 말했다. "조금은 내려놓고 마음 편하게 일상을 보내봐도 괜찮을 거예요"라고 덧붙이며.

집으로 돌아가는 내내 나는 과거와 현재, 미래를 생각했다. 과거의 모든 일이 현재의 나를 만들고, 어린아이였을 때의 경험이 성인이 된 지금까지도 영향을 미치고 있었다. 그렇다면 지금 내 하루하루가 미래의 나를 만드는 셈이었다. 내가 원하는 미래를 위해서는 반드시 현재를 고민해야만 했다. 나는 같이 사는 동생들을 깊이 사랑하고 있었다. 다정한 말 한마디나 위로, 포옹 따위에 익숙지 않지만 내 방식대로 그들의 안위를 챙기고 걱정했다. 함께하는 순간이 소중하고, 혼자 잘사는 건 내게 의미가 없기에 오래 함께하고 싶던 마음이 도리어 책임감으로 발현된 것이었다.

그게 내 잘못은 아니었다. 의사 선생님의 조언대로 마음을 더 편히 가질 필요가 있었다. 질문에 정답이 있다는 학창 시절의 진리처럼 내 문제에 대한 대답은 내 안에 있는 법이었다.

집에 도착한 나는 가장 먼저 청소를 시작했다. 오래 쓰지 않은 물건을 정리하고, 책상 위의 쓰레기를 치웠다. 테라스 문을 활짝 열고 이불을 가지고 나가 온 힘을 다해 털었다. 내 어깨 위의 짐이 사라지길 바라는 마음으로, 앞으로 더 가볍게 살겠다는 다짐을 하면서.

결혼하지 않겠다는
선언

열넷, 중학교 1학년이던 나는 당시 열렬한 사랑에 푹 빠져 있었다. 내 방 한쪽 벽에, 휴대폰 배경 화면에, 책상 위 액자 등 나와 관련한 모든 곳은 그의 사진으로 도배되어 있었다. 온종일 생각해도 시간이 부족할 정도였다. 그와 언젠가 결혼해야겠다는 꿈을 가슴에 품고 살기 시작했지만 내가 사랑하던 사람은 일상적으로 만날 수 없었다. 그 사람은 아이돌 가수 동방신기의 멤버였기 때문이다. 아이돌과 사랑에 빠진 중학생 딸의 학업을 위해 엄마는 확실한 보상 체계를 세웠다. 학업 성적이 우수하면 우수할수록 동방신기를 만날 기회를 더 많이 준 것이다. 예를 들면 이런 식이었다.

김은하 중간고사 성적 보상에 관하여

전교 1등~5등 : 콘서트 3회, 공개방송 3회, 앨범 3장

전교 6등~10등 : 콘서트 2회, 공개방송 2회, 앨범 2장

전교 11등~20등 : 콘서트 1회, 공개방송 1회, 앨범 1장

전교 21등~30등 : 공개방송 1회, 앨범 1장

김은하가 위의 성적을 달성하면

송○○(엄마)은 김은하가 동방신기를 볼 수 있도록 최선을 다해

지원해 준다.

김은하 (인)

송○○ (인)

2005. 04. 11

나는 동방신기를 보기 위해 공부했다. 중학생인 내가 돈을 벌 방법도 없었고, 부모님의 허락 없이 서울까지 보러 가긴 어려웠다. 답은 공부뿐이었다. 좋은 성적을 내서 콘서트 티켓을 구해야만 했다. 덕분에 전교권에서 나쁘지 않은 성적을 냈고, 동방신기의 공연을 관람할 기회를 심심찮

게 얻었다. 가끔 무료 공연이나 티켓 가격이 저렴한 콘서트가 열리면 친구들과 용돈을 모아 가거나 부모님 몰래 악수회에 가기도 했다. 그렇게 여러 공연을 보며 뜻밖에도 내가 얻은 건 장래 희망이었다.

콘서트에 가봤자 '면봉신기'만 볼 수 있다. 면봉신기는 공연장의 크기 때문에 면봉만큼 작게 보이는 동방신기를 의미하는 단어다. 재수가 없어 3층에라도 올라가면 면봉은커녕 나노신기를 봐야 했다. 망원경을 두 눈에 간절히 대고 고개를 돌리며 오빠들의 공연이나 방송을 즐길 때마다, 이상하게 내 눈에 들어온 건 무대 위 빛나는 아티스트가 아닌 무대 아래에서 분주히 움직이는 스태프들이었다.

'저분들은 뭐 하는 사람들이지?' 정말 많은 사람이 무대 밑에서 뛰어다니고 있었다. 인터컴을 끼고 바쁘게 움직이며 리허설을 진행하고, 거의 구겨진 채로 손에 들린 종이를 들추며 일하는 사람들. 공연 관계자거나 방송 제작진으로 보이는 스태프들이 그렇게 멋있어 보였다. 아마 드림 콘서트 현장으로 기억하는데, 여느 때처럼 객석에서 요리조리 제작진을 구경하던 순간 가슴이 떨리기 시작했다. 나도 저렇게 멋지게 일하면서 최애 옆에 머물고 싶다는 생각이 들었다. 그전까지는 엄마의 말을 따라 선생님을 꿈꾸던 내가 드디어 자발적으로 원하는 직업을 찾은 순간이다. 그 후 점심시간마다 급식소 뒷마당에 친구들과 모여서 나는 휴대폰을 들었다. 카메라를 켜고 이리저리 움직이며 영상을 찍어댔다. 당시 유행하던 노래를 틀어 놓고 보통은 친구들이 춤을 춰줬다. 매주 지상파 3사의 음악방송이나 엠넷이나 케이엠에서 방영하는 가수들의 리얼리티 프로그램도 빼놓지 않고 챙겨 봤다. 그때쯤 방송 일에도 연출, 카메라, 조명, 무대 등 여러 분야가 있음을 깨달았고 나는 그중에서도 연출에 가장 큰 관심이 있었다.

중학교 2학년이 되면서 본격적으로 PD에 관련된 모든 책을 사 읽기 시작했다. 《PD Who & How》 같은 기본서부터 방송사 PD들이 쓴 칼럼까지 그 종류도 다양했다. 언론사 입사 준비생들이 모인 카페에 가입해 여러 정보를 훑으며 어떤 사람이 PD가 되는지 검색했다. 내가 원하는 일을 하는 사람들은 어떤 일상을 보내는지 너무 궁금했고, 그 일에 적합한 능력을 키우려면 무엇을 해야 하는지 알고 싶었다. 찾으면 찾을수록 확실해지는 한 가지 사실이 있었다. PD라는 직업의 노동 강도가 매우 높다는 것이었다.

PD가 되면 방송을 쳐낼 때까지 매일같이 밤을 새운다
는 얘기가 압도적으로 많았다. 일과 가정이 양립하기 어려
운 직업이라는 말도 있었다. 하도 그런 이야기를 들으니 나
도 진지하게 고민이 됐다. 태어나 처음으로 원하게 된 일이
었다. PD가 되어 방송국을 누비고 일하는 나를 상상하면
행복했다. 밤을 새우며 일해도 즐거울 것만 같았다. 일과
가정을 생각한다면 일이 훨씬 더 중요하게 느껴졌다. 결혼
으로 커리어를 망칠 순 없었다. 만에 하나 일과 가정을 다
잡을 수 있지 않을까 생각했으나 주변을 둘러보자마자 그
기대는 넣어뒀다.

엄마는 나를 낳고 일을 그만뒀다. 연년생인 동생까지
생긴 마당에 일을 계속할 순 없었다. 우리가 초등학교 3학
년이 되었을 즈음 집에서 가까운 회사에 재취업했으나 자
전거를 타던 동생의 다리가 부러지며 그마저도 관뒀다. 그
렇게 우리가 중학교에 입학하고 졸업할 때까지 엄마는 전
업주부의 삶을 살았다. 엄마는 지금도 당신의 정년이 끝날
때까지 일하고 싶다는 사람인데 그 당시 엄마의 속은 말이

아니었을 것이다. 엄마는 자신의 사회생활을 미루고 육아에 전념했다. 온갖 학원, 과외, 운동, 음악까지, 어느 것 하나 빼놓지 않고 가르치는 게 엄마의 업이 되었다. 그 일에 엄마가 만족했을지는 모르겠지만 가끔은 히스테릭하고 힘겨워 보였던 기억이 난다.

내가 자라면서 봐 온 많은 여자가 그랬다. 아이를 낳고, 키우고, 학교에 보내고, 숙제를 챙기며 자식을 돌봤다. 우리 엄마도, 이모도, 옆집 아주머니도, 그 앞집 할머니도 일하지 않았다. 그들은 언제나 일하고 있었지만 애석하게도 집안일은 노동이 될 수 없었다. 그건 엄마가 된 여성이 해야 하는 당연한 일이었다. 출산과 동시에 경력은 단절되었고 추후 아이가 조금 자란 뒤에 회사로 복귀하려고 해도 그러지 못하는 사람이 더 많았다. 아이가 딸린 여성 구직자는 회사로서는 썩 달갑지 않은 존재였다. 경력 단절 이전에 일하던 분야로 재취업하는 경우는 아주 적었으며, 대부분 경력과 상관없는 곳에 취업하곤 했다. 그때는 이게 너무 자연스러운 현상이라 말을 얹을 필요도 없었다.

나의 미래를 상상하기까지 필요한 시간은 단 1분이었

다. 그토록 원하던 직업을 갖게 된 뒤 적당한 나이에 결혼해 아이를 가진다면? 사회에서 내가 어디까지 올라갈 수 있을까? 출산 휴가나 육아 휴직 제도가 잘 갖춰진 회사에 운 좋게 입사한다고 해도, 결혼하지 않은 사람과 유사한 커리어를 가질 수 있을까? 아무래도 어려워 보였다. 나는 기왕 태어난 김에 좀 더 성공하고 싶어 하는 아이였다. 일하지 않고 집에서 애를 보다가는 내가 반쯤 미쳐버릴 수도 있겠다고 생각했다. 내 방 책상에 가만히 앉아 있다 벌떡 일어나 거실로 향했다. 과일을 먹으며 TV를 보던 부모님이 고개를 들어 나를 봤다. 그와 동시에 입을 열었다.

"엄마, 나는 결혼하지 않기로 했어.
야근이 많대."

이게 바로 나의 첫 번째 비혼 선언이다. 엄마는 시큰둥하게 반응했고, 아빠는 어떠한 대답도 하지 않았다. 고작 열다섯 살 먹은 딸이 갑자기 꺼내는 결혼 이야기가 와닿을 리 없었다. 물론 내가 서른이 넘어서도 결혼하지 않겠다는 뜻을 고수할지 부모님은 몰랐겠지만, 시간이 지날수록 내 판단이 맞았다는 확신이 들었다. 첫 선언으로부터 약 20년이 흘렀고, 세상은 변했다. 몇 년 전까지도 나의 결혼에 미련을 보였던 엄마도 더 이상 그런 얘기를 꺼내지 않는다. 결혼하지 않는 이유를 줄줄이 제시할 때마다 왠지 엄마가 공감하는 것 같은 기분을 느낀다면 나만의 착각일까?

혼자 산다고는
안 했습니다만

30대 초반, 결혼하기 딱 좋은 나이다. 일을 한 지는 어느덧 6년 차가 되었고, 내가 운영하는 사업장도 별도로 있다. 강아지 한 마리를 충분히 먹여 살릴 수 있는 능력이 있고, 정신도 아주 건강하다. 타고난 질병이나 앓는 지병 없이 건강에 집착하며 운동도 열심히 하고 각종 영양제도 먹는다. 나와 비슷한 상황의 사람을 만나 결혼해 힘을 합쳐 돈을 모으고 집을 산다면 비교적 빠르게 중산층의 대열에 합류할 가능성이 있다. 가족이 주는 안정감을 느끼며 중년이 되고, 그렇게 늙어가며 '평범'한 인생을 살게 될지도 모른다. 그래도 결혼은 할 생각이 없다. 전혀.

결혼하지 않겠다고 말하면 사람들은 그 이유를 궁금해한다. 열에 다섯은 내게 되묻는다. "왜요?", "결혼 안 하고 혼자 살면 너무 외롭지 않을까요?", 두 명 정도는 "요즘은 그것도 나쁘지 않더라고요"라며 동조하고, 또 다른 두 명은 "아직 진짜 결혼감을 만나지 못한 거 아닐까요?" 묻는다. 나머지 하나는 바로⋯ "그런 사람이 제일 빨리 간다던데" 하는 사람이다. 아직 30대 초반이라 그런지 내가 비혼주의자라고 얘기해도 언젠가는 결혼할 것이라 믿는 사람이 많다. 혼자는 외로우니까. 이 거친 세상을 홀로 헤쳐 나가긴 빡세니까. 지금은 네가 젊어서 그렇지 조금만 더 나이가 들면 결국 결혼하지 않겠냐는 말이다.

"난 혼자 살 생각은 없는데?"

10년 넘게 자취하는 내내 나는 혼자 살아본 적이 없다. 한 번쯤 나만의 집에서 사는 '나'를 상상하지만, 여전히 독립 계획은 없다. 배우자 대신 친구와 부대끼고, 자식 대신 강아지를 기르며 복작복작 살고 싶지, 독신 생활을 꿈꾸지는 않는다. 나는 그저 '결혼' 생각이 없을 뿐이다. 결혼이 싫은 이유가 대단하지도 않다. 혼자 살기도 팍팍하다거나,

나 하나 먹고살기 어려워서도 아니다. 아무리 내 삶이 윤택해지고, 차고 넘치는 여유가 생겨도 결혼은 안 한다.

나는 가족주의와는 거리가 먼 사람이기도 하고, 특히 집안일도 하기 싫다. 나는 일에 미친 사람이고 그 무엇보다 나의 커리어와 내가 하고 싶은 일이 최우선이다. 오로지 노동에만 관심 있지, 가사 노동에는 소질도 흥미도 없다. 언젠가 경제적인 여유가 생기면 집안일을 가장 먼저 외주 주고 싶다고 할 정도다.

무엇보다 결혼할 필요가 없다. 아무리 생각하고 계산기를 두드려도 굳이 결혼이라는 제도에 나를 담글 이유가 없다. 인생은 확률 게임이다. 모든 게 불명확하다. 타인의 행복은 도처에 널려 있어 보기 쉬운 세상이지만 불행은 쉽게 알 수 없다. 결혼해서 행복한 사람도 있겠지만, 불행해진 사람 역시 많다. 혼자 사는 인생이 만족스러운 사람도 있지만 그 결정을 후회하는 사람도 있다. 아마 내 인생도 그럴 것이다. 결혼이라는 이벤트 없는 내 인생이 행복할지, 이 선택을 죽을 때까지 후회할지는 모를 일이다. 결혼한 삶과 하지 않은 삶, 양쪽 모두 결과가 미지수니 나는 결혼하지 않는 쪽이 더 행복하리라고 믿고 그 가능성에 내 삶을 베팅하는 것이다. 2024년 1월 2일엔 엄마와 이런 대화를 나눴다.

나   난 결혼 안 한다니까.

엄마   외롭지 않을까?

나   결혼한다고 안 외로운 것도 아니야.
     결혼해도 외로운 사람 많아.

엄마   맞아, 외로워.

나   해도 외롭고 안 해도 외로우면 안 하고 외로운
     게 낫지.

엄마   그러든가. 돈 굳어서 좋지.

둘이어도 인생은 외롭다. 인간이라면 누구나 외롭다. 언제나 내 편이 되어주는 친구가 많아도, 죽을 만큼 사랑하는 애인이 있어도 궁극적으로 외로운 순간이 있다. 결혼하지 않으면 외로운 인생을 산다는 말은 가끔 협박처럼 느껴지기도 한다. "너, 남들처럼 결혼하지 않을 거야? 평생 외로울지도 모르는데?" 여기서 중요한 포인트는 '남들처럼'이다. 결혼으로 얻을 수 있는 정상성을 정말 포기할 수 있느냐는 물음이 포함되어 있다. 튀지 않는 게 미덕인 우리나라에서 남들과 다른 길을 정녕 걸어야겠냐는, 그럴 수 있겠냐는 질문일 것이다. 남들과 다른 선택을 한다고 인생에 대단한 위기가 오지는 않는다고, 모든 인생에는 각기 다른 위기가 있다고 말하고 싶다.

그래도 세상은 조금씩 바뀌고 있다. 첫 취업과 초혼 나이가 늦어짐에 따라 30대 초반의 청년을 바라보는 시선도 예전과는 다르다. 서른 살 김삼순이 어떤 취급을 받았는지 생각하면 지금의 서른은 그저 철없는 애라고 해도 과언이 아니다. 결혼하지 않겠다는 젊은 층이 점점 많아지는 추세고 그들이 사회의 허리를 담당하는 연령대에 속하면서 앞으로 다양한 가족의 형태가 새롭게 등장할 것이다. 결혼하지 않는다고 꼭 혼자 살겠다는 건 아니다. 배우자가 있는 삶만이 완전한 것도 아니다. 각자 영위하는 소중한 인생을 존중하는 문화가 자리 잡는 날이 오기를 바라며 오늘도 나는 나의 가치를 좇는다.

나는 나만의 가족을 꾸릴 것이다. 결혼 없이.

결혼 대신
창업

대학교에 다니며 안 해본 아르바이트가 없다. 치킨집, 파스타집, 쌀국수집 등 서빙 아르바이트는 당연하고, 2층짜리 대형 카페부터 2평짜리 커피숍, 주스 가게도 섭렵했다. 특이한 알바도 있었다. 〈어벤져스 2〉 촬영 현장을 통제하며 강남 한복판에서 벌벌 떨기도 했고, 새로 출시하는 담뱃갑의 디자인 품평도 했다. 화실에서 구하는 채색 보조 업무에 지원했다가 강아지 초상화를 그리는 작가 밑에서 약 1년간 일한 경험도 있다. '무슨 이것밖에 안 주냐' 싶은 일부터 '이만큼이나 준다고?' 싶은 일까지 모조리 겪으면서 나의 자아와 사회성이 형성됐다.

그중에서 내게 가장 큰 영향을 미친 일은 칵테일바 아르바이트다. 두 곳의 매장에서 무려 3년 반을 일했다. 시간이 갈수록 나는 일을 잘했다. 처음에는 낯을 많이 가려 새로운 사람을 대하는 게 힘들었지만, 점점 나 때문에 오는 학생들도 많아졌다. 술을 사랑하고, 음식에 진심인 나는 최대한 맛있는 칵테일을 만들고 싶어 했다. 직접 개발한 신메뉴가 메뉴판에 추가되고, 내가 만든 하이볼만 찾는 손님들이 생겨서 좋았다. 사장님도 아르바이트생들을 가족처럼 챙겨줬다. 그 작은 바에서 나는 친구를 사귀고, 이야기를 나누고, 성장했다.

행복한 경험이었지만 3년 내내 모든 일이 수월하진 않았다. 여대 앞이라는 위치 특성상 대부분 손님은 대학생이었는데, 간혹 만취한 남성 손님이 소란을 피웠다. 보통 학생들에게 번호를 알려달라거나, 잔을 깨거나, 옆에 앉아보라는 식의 행패였다. 일하는 나에게도 그러는 사람이 종종 있었다. 불쾌하고 화도 났지만 나는 고작 아르바이트생이었다. 진상도 손님이라고 사장님은 적극적으로 방어해주지 못했다. 맨정신에는 멀쩡하다가 취기가 오를수록 다른 인격이 등장하는 손님을 볼 때마다 위협감을 느껴 주방으로 자리를 피했다. 술 한잔 마음 편히 마시는 게 왜 이리 어려운지 마음이 답답했다. 그래서 언젠가 돈을 모으면 꼭 청파동에 여성 전용 바를 차리고 싶었다. 귀갓길에 잠시 들러 좋아하는 칵테일 한 잔 편안하게 마실 수 있는 공간을 만드는 게 나의 목표였다. 드디어 취업하고 월급을 타기 시작하자 슬슬 느낌이 왔다. 다이어리를 펴두고 구체적인 목표를 세웠다. 5년쯤 돈을 모으면 작은 가게 하나는 차릴 수 있을 것 같았고, 그때부터 친구들을 만날 때마다 내 목표를 떠들어대기 시작했다.

"나 마흔 되기 전에 바를 차릴 거야.
서른다섯 전이면 더 좋고."

그 얘기를 듣고 처음에는 창업을 말리던 한 친구가 갑자기 동업을 제안했다. 그것도 나까지 총 네 명의 동업을. 비현실적이라고 생각한 그 제안은 남은 두 친구가 동의하자마자 급물살을 탔다.

창업하려면 자본금이 필요했다. 1년 넘게 착실하게 모은 전 재산 2,200만 원을 공용 통장으로 입금하니 수중에

10만 원만 남았다. 그 후로도 두어 달 동안 300만 원을 더 보내 2,500만 원을 채웠다. 순식간에 1억이 되었다. 태어나 처음 보는 액수였다. 둘은 의류 브랜드 론칭을, 둘은 칵테일바 개업을 맡기로 하고 돈을 나눴다. 나는 시그니처 메뉴 개발과 금전 관리를 맡았다. 주어진 예산에서 인테리어 공사 업체를 정하고, 내부에 들일 가구를 샀다. 돈이 부족해 발에 땀이 나도록 중고 거래를 했다. 내 또래 친구들이 이 정도 목돈을 한 번에 지출하는 이유는 대부분 결혼 비용이었기 때문에, 나는 이게 꼭 결혼 같다고 생각했다.

결혼식 대신 개업식도 열었다. 아직 오픈하지 않은 우리의 바, '스튜디오 포비피엠'에 친구들을 불러 모았다. 사람들 앞에서 "저희 앞으로 잘 살아 보겠습니다" 선언했다. 신혼집 대신 매장을 구하고, 혼수 대신 쇼케이스 냉장고를 샀다. 우리는 공동의 목표를 가지고 최대한 잘해보려 노력했다. 가계를 신경 쓰듯 가게 사정을 살폈다. 얼마의 매출을 올렸고, 비용은 어떻게 나갔으며, 사업 자금으로는 이만큼 남겨뒀다는 등의 현금 흐름을 투명하게 공개하고, 코로나라는 위기에 어떻게 살아남을지 논의했다. 우리는 '같이' 잘 살고 싶어 했다. 우리는 남은 인생 곁을 든든히 지키는 동반자가 되리라고 믿었고, 여전히 서로를 아낌없이 응원하며 성공과 건강을 기원하는 사이다.

지금은 동업을 해지하고 내가 매장을 인수한 상태지만, 이 경험을 계기로 나는 경제 공동체의 의미와 그 위력을 깨달았다. 아파트 월세살이에도 영향을 미쳤다. 여럿이 모여 힘을 합치면 훨씬 큰일을 도모할 수 있다는 사실을 체감했다. 시간도 절약된다. 나 혼자 바를 차렸다면 4년 혹은 그 이상 걸릴지도 모르는 먼 미래의 일이었는데 친구들과 함께하며 그 시기를 3년이나 앞당겼다. '인생은 혼자'라고 자조하듯 읊조리던 내가 더 큰 미래를 그리게 된 것은 모두 이 친구들 덕분이다. 각자도생의 시대에 감히 이런 말을 해본다.

인생은 함께 사는 것이라고,
주변의 사랑하는 사람들과 일을 벌여보자고.
그다음은 얼마나 놀라울지 아무도 모르니까.

나를
더 큰 그릇에 담고 싶어서

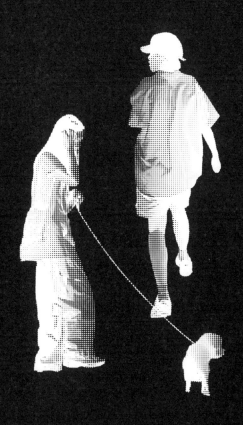

2

집이라는 그릇이
작아졌다

느낌이 이상하면 꼭 안 좋은 일이 생긴다. 싸한 사람은 반드시 사고를 친다. 지금이다 싶어 시작한 일은 대부분 잘되고, '음, 별론데' 싶으면 상황이 좋다가도 순식간에 나빠진다. 어렸을 때부터 나의 예감은 자주 적중했다. 한번은 이런 일도 있었다. 고등학교 입학을 앞두고 새 가방을 사기 위해 친구와 백화점에 가던 날이었는데, 가는 내내 머리가 아팠다. 평소 두통을 자주 겪지 않아서 좀 이상하다고 생각했다. 오늘 느낌 싸한데 그냥 나중에 가자고 할까 하다가 새 학기가 코앞이라 마음먹었을 때 사자고 생각했고, 결국 목적지인 백화점까지 갔다. 그리고 어떤 일이 벌어졌을까. 우리가 가방을 사려던 브랜드 매장에는 들어가지도 못했다. 백화점에 입장하자마자 동네 무서운 언니들에게 이른바 '삥'을 뜯겼기 때문이다. 두통은 그 일이 벌어지자마자 사라졌다. 이때부터 친구들은 내 촉을 믿었다.

　2023년 봄에도 그랬다. 이상하게 몸이 찌뿌둥했다. 뭘해도 의욕이 솟지 않고 답답한 기분이 들었다. 단순 무기력증이라기엔 뭔가 달랐다. 번아웃이 왔을 때는 나를 제외한 모든 풍경은 그대로인데 나 혼자만 말썽인 기분이라면, 그때는 온몸이 물을 먹은 듯 무겁고 날 감싸는 주변의 기운이 총체적으로 나빠지는 느낌이랄까. 가슴께가 답답해 괜히 숨을 크게 쉬는 나날이 계속됐다. 내가 사는 집이 더 이상 나를 움직이게 하지 않는다는 생각이 들었다. 변화가 필요한 시점인 듯해 일상에 크고 작은 변화를 줬다. 가장 먼저 낡은 물건을 내다 버렸다. 햇볕이 가장 강하게 내리쬐는 시간에 맞춰 이불을 빨아 테라스에 널었다. 냉장고를 청소하고 바닥을 쓸고 닦았다. 일부러 일찍 일어나 강아지와 산책하고, 평소에 먹지 않던 음식을 해 먹기도 했지만 영 나아지질 않았다. 자꾸만 이사 생각이 들었다.

　사실 이사는 몇 년 전부터 가고 싶었다. 습관처럼 부

동산 어플을 들여다보며 시간을 보내다가 괜찮아 보이는 빌라는 어떻게 생겼는지 직접 찾아가 보기도 했다. 내가 본가를 떠나 쭉 거주한 청파동이나 그 옆 동네인 후암동은 노후한 건물이 많아 집의 상태가 좋지 않았고, 원래 살던 집보다 나은 환경이 아니었다. 무엇보다 나는 쓰리룸을 원했고, 아파트라면 더할 나위 없이 좋겠다고 생각했다. 하지만 원하는 수준의 집에 가기엔 수중에 돈이 없었다. 그 길로 이사는 아예 지워버렸다. 1차 후퇴한 뒤로는 일부러 아무 행동도 하지 않았다. 네이버 부동산이나 피터팬 사이트에도 발길을 끊었다. 먹지 못하는 감을 굳이 찔러보며 시간을 낭비하기 싫었다. 그렇게 열망이 차츰 사그라들었으나 또 몇 년이 지나 다시 몸이 근질거리기 시작한 것이었다.

이번엔 한층 강렬한 욕구였다. '이사하고 싶다'가 아니었다. '이사해야겠다'라는 확신에 가까웠다. 넓고 좋은 집으로 이사하면 거주 비용이 늘어날 게 뻔했지만, 2보 전진을 위한 1보 후퇴라고 생각해야 했다. 가만히 있으면 아무것도 달라지지 않고, 나는 변화를 원했기 때문이다. 원하는 게 있다면 포기해야 하는 것도 있는 법이니, 거주 비용은 감수할 용의가 있었다. 하지만 미련이 남았다. 오래 몸담은 집을 떠나는 일은 쉽지 않았다. 나는 물건과 공간에도 미련을 부리는 사람이라, 맨몸으로 그 집에 들어가 치열하게 보냈던 순간을 벌써 뒤로해도 되는지 확신이 서지 않았다. 자그마치 6년이었다. 집과의 의리를 지키고 싶어 몇 달을 더 어영부영 살았지만, 계속해서 답답한 기운이 나를 감쌌다. 집은 나를 담는 그릇이라고 생각하는데 그릇이 작아져 몸이 부대끼는 느낌이었다. 팔을 펼치지도, 발을 뻗지도 못할 만큼 불편한 상황이랄까. 지금 나에게 필요한 게 무엇인지 나는 직감으로 알았다. 더 큰 집과 나만의 방. 그것 말고는 없었다.

생각을 행동으로 옮기기 전에는 언제나 충분한 고민이 필요하다. 입 밖으로 계획을 꺼내기 전에 나는 이렇게 갑자기 아파트로 이사해도 될지를 먼저 생각했다. 아파트에 월세로 입주한다면 큰 비용이 수반될 텐데 내가 그걸 책임질 수 있는지가 가장 걱정이 됐다. 2023년에 나는 자취 12년 차, 취업 5년 차의 사회인이었다. 공동생활을 선택한 덕에 월세는 20만 원대로 지출하고 있었고, 공과금이나 정수기, 인터넷 비용을 모두 합쳐도 40만 원이 안 됐다. 이사한다면 월에 최소 60만 원대 혹은 70만 원까지도 지출이 늘어나리라고 예상했다. 그 비용을 투자했을 때 내가 느끼는 효용이 과연 값어치를 할지 나의 일상 패턴을 되짚으며 생각하고 또 생각했다. 스스로 내린 결론은, 'Yes'였다.

2021년 작업실을 구할 때도 비슷한 고민을 했다. 일과 삶을 분리하겠다는 목적으로 저렴한 자리를 찾았지만 나를 끝까지 망설이게 한 건 역시 돈이었다. 매달 돈을 지불할 만큼 나에게 작업실이 필요한지 스스로 계속 의심하다가, 딱 월세 정도의 수입만 작업실에서 벌 수 있다면 본전이라는 생각으로 계약했던 경험이 있다. 일하는 공간이 확실히 마련되자 일상이 정돈됐고, 더 빠른 시간에 더 많은 일을 처리하게 됐다. 자연스럽게 작업실 월세는 충분히 감당할 수 있었다. 월세에 대한 가치관이 바뀐 것도 이때쯤이었다.

창업 역시 도움이 됐다. 자영업으로 수익을 내는 건 단순하게 생각하면 아주 간단하다. 매출에서 온갖 비용을 다 제외하고도 남는 장사를 하면 된다. 물론 말처럼 쉬운 일이 아니지만 이 공식은 내가 큰일을 결정할 때마다 도움이 됐고, 이번에도 마찬가지였다. 중요한 것은 기세. 집을 옮기며 드는 비용보다 더 높은 가치를 이사할 집에서 창출하면 그만 아닌가. 좁은 집에서 점점 피폐해진 몸뚱아리로 살아가는 것보다는 그 편이 훨씬 이득일 것 같았다. 근시안적인 태도를 버리고 멀리 본다면 더 큰 집으로 옮기는 게 아무래도 정답이었다.

원하는 것을 이루기 위해서는 어떻게 해야 하는가. 머릿속에 돈과 시간, 노력이라는 삼각형 공식이 떠올랐다. 세 가지 중 최소 하나는 써야만 뭐라도 이룰 수 있다. 시간을 들이며 노력하고, 거기에 돈까지 쓴다면 더욱 빠르게 성과를 낼 가능성이 커진다. 웬만한 일에는 이 공식이 통한다는 것을 깨달았다. 깨끗한 집에서 살고 싶다면 시간을 들여 청소(노력)해야 한다. 좋은 도구(돈)를 구매해 사용한다면 집은 더욱 청결해진다. 혹은 전문가를 불러 시간과 노력을 아낄 수도 있다. 여행 중에 외국인과 수월히 소통하고 싶다면 책을 사서 외국어를 공부하거나, 학원에 다니면 된다. 그게 싫으면 통역이 가능한 가이드와 여행하면 된다. 세 가지 중 아무것도 쓰기 싫다면? 아무 일도 일어나지 않는다.

나는 큰 집을 원했다. 언젠가 더 좋은 집으로 이사하

기 위해 지난 몇 년 내내 열심히 일했다. 계속해서 적은 월세만 지출하고 싶다면 향후 몇 년간 더 노력해서 목돈을 마련해 전세나 매매로 입주하는 수밖에 없었다. 하지만 그 긴 세월을 기다리고 싶지 않았다. 그렇다면 지금은 돈을 써야 하는 타이밍이다.

함께 살던 동생들을 불러 모았다. 어리둥절한 표정으로 린과 현지가 내 앞에 앉았다. 당장은 아니지만 괜찮은 집을 발견하면 이사하는 게 어떻겠냐고 제안했다. 아파트에 월세로 입주하면 좋겠다고도 처음으로 말했다. 다들 놀라는 눈치였다. '아파트', '월세'. 두 단어만으로 충분히 막막해지는 조합이었다. 지금은 불가능해 보여도 1년 안에는 이 집을 떠야겠으니, 독립할지 계속 공동생활을 유지할지도 각자 생각해 볼 시간을 갖자고 제안했다. 한 달쯤 지났을 때 현지는 독립을 선언했다. 현지도 변화가 필요했고, 그쯤이 미라클 모닝을 시작해 생활 패턴이 우리와 정반대로 바뀐 시점이었다. 린은 아직 혼자 살 준비가 되지 않았다며 함께 이사하겠다고 말했다.

"근데 언니, 우리가 아파트에 갈 수 있어?"

린이 물었다. 자신은 모아둔 돈이 별로 없어 별 도움이 되지 않을 거라는 말도 덧붙였다. 당연히 알고 있던 사실이었다. 어차피 둘이서는 아파트에 입성할 수 없었다. 한 명이 더 필요했다. 사실 믿는 구석이 있었다. 지난 몇 달간 나처럼 아파트 노래를 부른 친구, 고등학교 동창인 윤이었다.

우리
살림 합칠래?

"너 언제 이사할 거야? 나도 같이 갈까?"

고등학교 동창인 윤은 더 이상 혼자 밥 먹고 싶지 않다고 했다. 윤은 원래도 식욕이 없는 사람인데, 지친 퇴근 길이 끝나고 텅 빈 집에 도착하면 없던 식욕이 더 사라진다고 덧붙였다. 의외였다. 윤은 내게 고양이 같은 친구였다. 내가 가본 집들 중 가장 깨끗한 집(호텔 수준이다)이 윤의 집이었고, 그런 사람이 타인과 함께 살 수는 없으리라고 혼자 짐작했기 때문에 동거 생각이 있다는 얘기를 들었을 땐 깜짝 놀랄 수밖에 없었다. 하지만 윤과 대화를 할수록 윤이 얼마나 진심으로 '동거인'을 원하는지 알 수 있었다. 윤은 본인이 혼자 살 만큼 충분히 살았다고 말했다.

윤에게는 더 넓은 공간도 필요했다. 윤은 자취를 시작하고 쭉 원룸에만 살았다. 첫 집은 5평짜리 단층 오피스텔이었고, 두 번째와 세 번째 집은 복층 오피스텔이었다. 복층이라 사용할 수 있는 공간이 훨씬 커지긴 했으나 원룸은 원룸이다. 1층 거실 옆에는 작은 부엌이 있었고, 2층에는 침대와 책상을 빼면 남는 공간이 없었다. 재택근무가 많아 윤은 집에서 일을 많이 했는데, 몸을 움직일 여유 공간이 많지 않아 여러모로 힘들다고 했다. 처음에는 함께 이사하자는 제안을 한 귀로 흘렸는데, 윤을 만날 때마다 이야기를 들으니 나도 진지하게 우리의 동거를 고려하기 시작했다. MBTI마저 정반대인 우리가 서로에게 괜찮은 룸메이트가 될 수 있는지가 관건이었다.

극과 극인 성향과는 달리 윤과 나는 비슷한 점도 많았다. 우리는 신도시로 이사해 중고등학교 시절 내내 같은 동네에 살았다. 그 동네는 아파트와 전원주택이 많은 전형적인 베드타운이었고, 온종일 소란스럽지 않은 평화로운 곳이었다. 큰 호수 공원이 마을의 정중앙에 있었고 모든 아파트는 새로 지어 깔끔했다. 거리는 잘 정돈된 모습으로 청결했으며 큰 사건이나 사고가 없는 동네였다. 유년기에 경험한 주거 형태가 같다는 건 평온한 관계에 생각보다 큰 영향을 미친다. 사람은 경험한 만큼 상상하기 마련이라 비슷한 환경에서 자아를 형성한 우리는 먹고, 입고, 사는 모습이 유사했다.

결혼 생각이 없는 것도 나와 똑같았다. 윤은 사랑을 믿지 않는다. 검은 머리가 파뿌리가 될 때까지 사랑하며 살겠다는 약속을 허무맹랑한 이야기라고 생각했다. 굳이 결혼을 해야 할 이유를 찾지 못해 결혼하지 않겠다는 윤은 돈과 건강한 몸만 있다면 아무도 남편은 필요 없다고 믿었다. 출산이나 육아는 상상만으로 괴롭고 다른 세상의 이야기라고 생각하지만 그렇다고 평생 혼자 살 생각도 없었다. 우리가 원하는 중년의 모습도 굉장히 유사했다. 우리는 떠나고 싶을 때 언제든 한국을 뜰 수 있는 50대가 되기를 원했다.

비슷한 점은 더 있었다. 바로 씀씀이와 돈에 대한 태도다. 이 부분은 뒤에 더 자세히 얘기하겠지만 동거나 동업 등 파트너를 구할 때 이 부분은 생각보다 중요하다. 각자 가치를 두는 카테고리가 다르다면 함께 지출해야 할 때마다 곤란해진다. 가구 살 때를 예로 들겠다. A는 인테리어를 중시해 '예쁜' 가구에 비싼 값을 낼 의지가 있지만 B는 오로지 기능성만을 생각해 투박한 가구를 '싸게' 사고 싶어 한다면 의견의 간극을 줄이는 데 반드시 시간과 에너지를 써야 한다. 평소 윤과 나는 그럴 일이 없었다. 맛있는 음식, 예쁜 가구, 비싸지만 좋은 식재료 등 지갑을 열게 만드는 것들이 비슷했다. 여기까지 생각하자 우리는 꽤 괜찮은 룸메이트 사이가 될 수 있을 것만 같았다.

사회생활을 시작한 2019년 무렵부터 언제나 나는 앞날을 함께할 사람을 원했다. '서울 소재 아파트 매수'라는 목표를 공동으로 세우고 힘을 합쳐 집을 매수할 친구를 바랐고, 여러 룸메이트를 거쳤지만 그런 사람을 찾기란 쉽지 않았다. 윤이 아파트 월세살이에 긍정적인 반응을 보이고, 같이 갈까 제안하던 그때, 드디어 진지하게 미래를 함께 그릴 수 있는 파트너를 찾았을지도 모르겠다고 생각했다. 그날 이후로 우리는 만날 때마다 집 얘기를 했다. 우리가 아파트에 갈 수 있겠냐는 린의 걱정을 뒤로한 채 언니들(윤과 나)은 이미 상상의 나래에 푹 빠져 있었다. 어느 날 한순간에 결심이 섰다.

"야 그래 가자. 아파트로 가자."

우리는 매물을 찾아볼 때 아파트로 한정해 검색하자고 약속했다. 방이 세 개인 가정집은 아파트가 아니어도 많지만, 반드시 아파트여야만 했다. 우선 우리에게는 '큰' 변화가 필요했다. 이전과 비슷한 환경이라면 군이 집을 옮길 이유가 없었다. 나는 이미 후암동의 방 세 개짜리 빌라를 여러 개 찾아본 전적이 있었다. 그중 상태가 좋은 집은 직접 가서 상태를 살폈는데, 대부분 방의 크기가 매우 작았다. 가구만 넣어도 빈 곳이 없을 듯했다. 내 예산으로 이사할 수 있는 빌라는 지어진 지 40년쯤 되어 세월이 고스란히 느껴지거나, 싹 고쳐서 깨끗하면 평수가 작은 문제가 있어서 이사를 포기했었다. 사회생활을 오래 한 윤이 합류하면 예산이 훨씬 늘어나니 더 좋은 환경을 찾아볼 수 있을 것 같았다.

방음도 중요한 문제였다. 나에게는 여덟 살짜리 반려

견 김구름이 있다. 대부분의 개가 그렇듯 구름이도 외부 소음에 예민한데, 복도에서 조금만 소리가 나도 천둥 같은 소리를 내며 현관으로 달려든다. 자기도 나름 중형견이라는 사실을 아는지 몸집과 다르게 목청마저 정말 대단하다. 구름이를 데리고 온 2017년 여름에 나는 다세대 주택에 살았는데, 그해가 바로 개소리와 동거한 때였다. 한 층에 일고여덟 세대가 사는 원룸 빌라에서 여러 마리의 개가 아침저녁으로 짖어댔다. 개가 짖으면 가정에 불화가 생긴다. 가정에만 생기면 다행이지, 온 건물의 이웃들과 마찰이 잦아지고 그런 유형의 마찰이라면 이미 지긋지긋했다.

이웃과의 불화에서 벗어난 지도 6년인데 다시 그 악몽으로 돌아갈 순 없었다. 당시 우리가 살던 투룸은 주상복합 건물로 우리 집과 앞집 두 세대를 빼면 전부 사무실과 상업 공간이었다. 거주하는 6년 중 3년은 앞집마저 비어 있어 구름이의 고함(?)에서도 자유로웠다. 한 층에 여러 세대가 사는 집을 구경할 때마다 나는 불길한 미래를 쉽게 점칠 수 있었다. 이사가 두려웠다. 더 넓고 큰 집에 살게 되더라도 개가 짖는다면 다 포기하고 이사하지 않을 만큼 방음이 안 되는 집에서는 살고 싶지 않았다. 아파트라면 덜

시끄러우리라 생각했다. 본가나 친구들과 함께 간 여행지에서 아파트에 묵을 때면 중문 덕분인지 바깥소리가 더더욱 들리지 않아 구름이도 얌전했고, 평화로운 밤을 보낼 수 있었다. 집은 긴장을 풀 수 있는 공간이어야 하고, 그러려면 아파트가 우리에게 제격이었다.

막연히 꿈꾸던 미래에 한 발 더 다가가고 싶다는 마음도 있었다. 넓은 거실이 있는 네모난 집에서 편안히 쉬고, 밤에는 주방과 분리된 곳에서 술도 한잔 마시고, 커다란 암막 커튼이 달린 방에서 잠드는 그런 일상 말이다. '30대 후반쯤에는 아파트에 살 수 있겠지?'라고 막연히 그리던 미래를 조금 더 앞당길 수 있다면 마다할 필요가 있나 싶었다. 특히 최근 들어 그 욕구가 더 커지고 있었다. 본가에 갈 때면 어렸을 땐 생각도 안 하던 것들을 부러워했다. "우와, 지하 주차장이 있다니", "집 앞에 공원이 있다니", "엘리베이터가 있다니, 좋겠다, 엄마." 이런 말을 달고 살던 차였다. 이제 부러워만 하지 말고 한번 살아나 볼까 하는 마음이 들었다. 어차피 내 소유도 아닐 테니 계획보다 돈이 너무 많이 들면 2년만 채우고 나와도 무방하다는 생각이었다. 아파트 월세살이. 생각보다 별것 아닐 수도 있다는 간 큰 생각이랄까.

2년 전까지만 해도 나는 아파트를 자취용 집으로는 고려하지도 않았다. 당시 살던 투룸에서 쭉 살다가 집을 매수하려나 생각했었다. 이런 생각을 하는 건 나뿐만이 아닐 것이다. 아파트가 가진 이미지 탓이다. 이상하게도 아파트는 최소 전세로 입주해야 할 것만 같았다. 결혼이라는 큰 이벤트가 있다거나 돈을 벌어 매수하지 않는 이상 아파트에 들어갈 일은 없다고 생각했었다. 하지만 상업 공간을 임대해 사업을 하고, 재테크 도서를 읽으면서 월세에 대한 마인드가 바뀌었다. 반드시 전세로 살아야 할 필요가 없었고, 전세라고 월세보다 반드시 좋은 것도 아니었다. 나는 임대료를 내고 그 공간을 이용하며 임대료보다 높은 가치를 창출하면 그만이었다.

"오늘부터 찾아보고
괜찮은 아파트 있으면 공유하자."

우리 셋이 한집으로 살림을 합치는 그날이 점점 가까워지고 있었다.

발품 이전에는
손품이 중요하다

이사하기로 작정했으니 어느 동네에 살 것인지가 다음 문제였다. 우선 우리 셋의 거주지와 근무지를 따져봤다. 윤은 영등포구 양평동에 살면서 서대문구로 출근했다. 린은 용산구 청파동에 살면서 도보로 출퇴근했다. 나는 린과 함께 용산구 청파동에 살았으나 근거지가 많았다. 회사는 강 건너에, 운영하는 가게는 용산과 마포구에, 대학원은 동작구에 있었다. 지도를 펼쳐놓고 살피니 제외할 동네가 보였다. '강북-도봉-노원구, 강동-송파-강남-서초구'는 가장 먼저 후보에서 제외했다.

'마용성'이라는 부동산 업계 용어가 있다. 마포, 용산,

성동구를 일컫는데 한강 변을 끼고 있는 강북의 주요 3구를 묶어 부르는 말이다. 서울 부동산에 관심이 있다면 누구나 욕심낼 만한 동네인데 지난 10년간 나는 본의 아니게 쭉 용산에만 살았다. 마용성이 뭔지, 서울 아파트값이 어떤지 어떠한 정보도 관심도 없던 때였다. 용산은 교통의 요지다. 정말 편리하다. 신논현, 홍대, 이태원, 망원, 압구정 등 웬만한 번화가는 30분 안에 갈 수 있다. 버스 노선이 많아 한 번에 갈 수 있는 동네도 아주 많고, 서울역이 가깝다는 것도 큰 장점이다.

서울의 한복판에서만 10년을 살았으니 그 편리함이 나에게는 디폴트였다. 교통이 조금 불편한 동네에서 외박하고 집으로 돌아갈 때면 나는 용산에 뼈를 묻으리라 다짐했다. 하지만 임대료가 문제였다. 낡은 동네의 허름한 원룸도 달에 50만 원은 줘야 살 수 있었다. 당장 재건축해야 할 법한 아파트도 200만 원에 가까운 월세가 필요했다. 반면에 도심과 조금만 떨어지면 집 상태도 괜찮고 월세도 많게는 달에 40만 원까지도 아낄 수 있었다. 비교적 저렴한 동네를 찾아 한번 출근해 봐야겠다 싶어 에어비앤비를 통해 숙소를 구하고 하루를 묵었다. 지하철 한 번과 버스 한 번.

이 정도 루트면 괜찮다고 생각했다.

그러나 그 생각은 단번에 박살 났다. 지하철역까지 10분, 지하철을 기다리며 7분, 환승지까지 20분, 버스 정류장까지 3분, 버스를 기다리는 데 5분, 버스 타고 10분, 회사까지 8분. 총 63분. 왕복 2시간이었다. 본가에서 통학하던 시절에는 왕복 3시간 정도는 아무렇지 않게 다니는 강한 경기도민이었는데 이제는 편도 1시간도 너무 피로했다. 도어 투 도어로 편도 30분이 나의 한계다. 아무래도 돈보다 시간을 아끼는 편이 나의 생산성에 도움이 될 것 같았다. 집이 멀어지면 나 같은 게으름뱅이는 작업실에 발도 들이지 않을 게 뻔했다. 생각이 거기까지 미치자 나는 지갑 대신 나의 체력을 보호하기로 마음먹었다.

"우리 어차피 아파트 사는 거,

마포나 용산으로 가자. 어때?"

그날부로 윤과 나는 만날 때마다 휴대폰과 컴퓨터를 꺼내 마포, 용산 지역 매물을 보며 손품을 팔았다. 우리는 시간이 부족하고 매물은 많으니, 냅다 발품을 팔기 전에 손품 먼저 파는 게 훨씬 합리적이었다. 그 작업은 보통 친구의 오피스텔에서 진행됐다. 네이버 부동산을 비롯해 온갖 집 구하기 사이트를 뒤졌다. 1층 소파에 내가 대자로 드러누워 네이버 부동산을 샅샅이 살피면, 친구는 2층 책상에 앉아 피터팬 카페에 접속했다. 제법 마음에 드는 집이 있으면 곧바로 서로에게 링크를 전달하고 품평하는 식이었다. 괜찮은 집을 하나도 찾지 못하면 우리는 혀를 차고 "오늘은 파이다" 읊조리며 헤어졌다.

방구석 품평회를 몇 번 가진 후에는 우리가 공통으로 원하는 집이 어떤지를 알 수 있었다. 우선 내부가 깨끗하고 깔끔해야 했다. 체리 몰딩이 난무하는 집은 싫었다. 18평대 아파트는 너무 좁아 보여 제외하고, 25평 이상의 집으로 범위를 좁혔다. 구축 아파트여도 상관은 없지만, 최소한 화장실은 리모델링이 되어 있어야 한다는 데 우리 모두 동의했다. 땅바닥에 붙은 듯 낮은 높이의 선홍빛 변기에는 엉덩이를 대고 싶지 않았다. 서쪽으로 창이 난 오피스텔에 살던 윤은 남향이거나 남동향인 집을 원해 하나의 조건이 더 추가됐다.

원하는 컨디션을 파악했다면 그다음 단계는 바로 시세 파악이다. '이 정도면 살 만하다'라는 생각이 드는 집의 보증금과 월세를 알아야 한다. 서울 소재 25평대 이상인 아파트 월세 물건을 싹 뒤졌다. 보증금은 1억부터 시작했다. 월세는 천차만별이었지만 비현실적인 액수를 제외하면 120만 원부터 시작해 200만 원 정도로 추려졌다. 집의 컨디션에 따라 룸메이트를 하나 더 들여 넷이서 살 생각도 했기 때문에 월세 범위를 250만 원까지 확대했다. 거듭 발생하는 전세 사기로 월세 물건이 귀한 때라 마땅한 집을 찾기 어려웠지만 보이는 족족 확인하고 추려내다 보니 괜찮은 집의 리스트가 제법 모였다.

네이버 지도도 손품에 도움이 된다. 가까운 곳에 편의점이나 마트가 있는지부터 영화관이나 대형 쇼핑몰, 공원 등의 위치와 경로를 쉽게 알아볼 수 있다. 나는 세부 기능도 알차게 사용했는데 거리뷰를 통해 동네의 분위기를 미리 살피고 지적 편집도 기능으로 땅 모양을 미리 봤다. 땅이 세모나거나 모양이 희한하면 찜 목록에서 곧바로 삭제했다. 이렇게 온종일 관련 어플이나 홈페이지를 들여다보고 있으면 어느 부동산에 괜찮은 매물이 많은지도 자연스레 알게 된다. 같은 물건인데도 부동산마다 가격이 다른 경우도 많다. 가볼 만한 부동산이 어디인지까지 모조리 체크했다.

손품을 팔다 보면 직접 봐야겠다는 생각이 드는 집이 있다. 나는 집(혹은 사무실, 상업 공간 등의 부동산 매물)과 사람 사이의 연도 있다고 생각한다. 흔히 말하는 "그 집에 들어가고 일이 잘 풀렸다"라는 말에도 동의한다. 그래서 느낌이 중요했다. 신축 아파트에 모든 시설이 최고급일지라도 '느낌'이 오지 않으면 입주할 수 없었고, 그 느낌은 실물을 봐야 알 수 있다. 두 손이 바빠진 지도 두어 달이 지나고 가을은 점점 가고 있었다. 겨울 이사는 피할 요량이었으니, 이제 발품을 팔 타이밍이 온 것이다. 그때까지 빼곡히 정리한 노트를 들고 우리는 바깥으로 나섰다.

현실과 취향 사이의
부동산 투어

우리의 부동산 투어가 본격적으로 시작되었다. 광흥창에서 시작해 마포역, 용산역 일대까지 집을 본 지 2주가 흘렀는데도 마땅한 물건이 없었다. 전세 사기가 계속되고 있어 월세 물건의 씨가 말랐다고 중개업자들은 입을 모았다. 어쩔 수 없다. 마음에 드는 집을 만날 때까지 발품을 파는 것 말고는 다른 방법이 없었다. 하루에 최소 2개부터 많게는 5개까지 부지런히 움직였다. 입구에 들어서자마자 여긴 아니다 싶은 집도 있었고, 평수나 상태는 마음에 들지만 느낌이 오지 않는 곳도 있었다.

무엇보다 뷰가 마음에 들지 않았다. 내가 가장 중요하

게 생각하는 조건 중 하나는 창밖의 풍경이었다. 서울 도심에 살고자 하면서 동시에 예쁜 풍경을 바라는 게 모순일수도 있지만, 최소한 빌딩숲 뷰는 피하고 싶었다. 공덕동에서 본 집들은 대부분 창밖으로 빼곡한 건물이 보였다. 집에들어가서 마음이 편안해지고 긴장이 풀리기보다는 조금답답한 기분이 들 것 같은 집이었다. 휴식할 수 있는 집을원했던 나는 그런 집은 후보에서 제외할 수밖에 없었다.

나에게는 조금 특이한 조건도 있었다. 집의 층수다. 나는 고층보다 저층을 선호한다. 고소공포증이 심한 나는 높은 건물에 올라가면 다리가 후들거리고 식은땀이 난다. 내가 사는 집에서 발발 떨며 돌아다니거나 무서워서 창문도열지 못하는 불상사가 발생하면 곤란하니 애초에 고층 아파트는 제외했다. 중개업자들은 하나같이 의아한 표정을지었다. 나이 든 어르신들 아니고서야 요즘엔 다들 높은 층수를 좋아하는데 특이한 취향이라고 덧붙이면서.

또 하나 내가 선호하는 조건은 적은 세대수다. 대단지의 아파트에는 살고 싶지 않았다. 투자 목적으로 바라본다면 대단지인 아파트가 낫다. 관리비가 비교적 적게 나온다는 것도 대단지 아파트의 장점이다. 하지만 나는 아파트를 매수하는 게 아니라 월세로 살 아파트를 찾고 있었으니 상품성은 크게 중요하지 않았다. 작은 단지에 옹기종기 모여 사는 느낌이 더 좋다. 대단지 아파트는 너무 많은 타인을 마주쳐야 하는 환경이라고 생각했다.

물론 이 모든 조건을 충족하는 집만 구경할 순 없었다. 월세 물건 자체가 귀한 때였으니 나와 있는 집 중에 괜찮다 싶은 건 모조리 보는 게 나았다. 하나하나 꼼꼼하게 따져보며 집을 찾아보기 시작한 지 얼마 되지 않아 윤과 나는 생각지 못한 변수를 마주쳤다. 25평대 집이 우리에게 너무 좁다는 것이었다. 여자 셋이 살기에 20평대 아파트가 적당하다고 생각했는데, 막상 실물을 보니 셋이서 살기엔 불편할 듯한 크기였다. 특히 작은방의 크기가 너무 작았다. 1~2년 살고 말 집이 아니니 30평대 위주로 다시 매물을 뒤졌다.

지금 사는 집은 부동산 투어 첫날에 본 매물이다. 나랑 나이가 비슷한 구축 아파트라 복도에서는 약간 퀴퀴한 냄새가 났고 왠지 어두운 느낌이었다. 이전 세입자는 4년간 살다 나간 신혼부부였는데, 그 부부가 입주할 때 리모델링을 해서 집 안은 쾌적하고 깔끔했다. 흰색 몰딩인 점도 마음에 들었다. 거실 베란다를 제외하고 다른 발코니는 모두 확장 공사를 해 중간 방의 크기도 제법 컸다. 무엇보다 마음에 드는 부분은 창밖의 풍경이었다. 거실 쪽으로는 귀여운 놀이터 하나를 제외하고는 시야를 가릴 게 없어 하늘이 다 보였고, 집 안의 모든 창밖에는 나뭇잎이 살랑거렸다. 보기만 해도 마음이 따뜻해졌다.

하지만 한눈에 홀리지는 않았다. 게다가 우리가 본격적으로 집을 보기 시작한 첫날이었기 때문에 이 집이 객관적으로 얼마나 괜찮은 컨디션인지도 알 수 없었다. 이보다 좋은 집도 많지 않을까 하는 기대감이 있던 때다. 일단 알겠다고 하고 우리는 그 집의 위층으로 올라가 전세 매물도 확인했다. 그 집은 말 그대로 세월이 느껴지는 집이었다. 옛날 벽지, 체리 몰딩, 자주색 변기와 깔맞춤한 가스레인지, 뜯겨 나가기 직전의 싱크대 하부 선반까지. 당황한 표정으로 집 안을 살피는데, 여기서 15년 살다가 이제 이사하는 거라 집이 이렇게 낡았다고 세입자가 말했다. 그토록 오래 살았다는 말이 내게는 이 아파트가 살기 괜찮다는 뜻으로 들렸다.

다행히 그 전세 매물은 리모델링을 앞두고 있었다. 새로운 세입자가 정해지면 입주 전에 집주인이 낡은 곳을 다 뜯어 고쳐준다고 했다. 전세가도 4.5억 정도로 주변 시세(7~8억대)에 비해 훨씬 저렴했다. 하지만 리모델링의 범위가 정확히 정해지지 않았고(자주색 변기 안 뜯어주면 어쩌나), 보유한 현금도 부족한데 이 고금리 시대에 억 단위의 대출을 받자니 우리에겐 위험 부담이 컸다. 전세로 살기 위해 현금을 묶어두기보다 월세를 지출하는 편이 더 합리적이라고 생각했다. 우리는 그 집을 고사하고 다른 매물을 더 보러 다녔다.

열 곳이 넘는 아파트를 확인했지만 '이 집이다!' 싶은 아파트가 없었다. 오히려 맨 처음에 봤던 나무 뷰 아파트가 가장 괜찮았다. 윤도 그 집이 제일 좋았다고, 정남향인 집이라 햇빛이 쏟아질 듯 들어오는 게 마음에 든다고 말했다. 부동산 투어를 시작하고 시간이 흐른 뒤라 기억이 흐릿했다. 해당 물건이 아직 남아 있을지도 미지수였다. 그 길로 부동산에 찾아가 아직 나가지 않았다는 것을 확인하고 다

음 약속을 잡았다. 그사이에 윤은 등기부등본을 떼서 근저
당이 어떻게 잡혀 있는지 살펴봤다.

그때 한 친구가 나는 생각지 못한 부분을 알려줬다.
아파트 앞에 놀이터가 있다면 놀고 있는 아이들의 소음이
어느 정도인지 미리 확인하라는 조언이었다. 내 친구는 가
정을 이루고 1층에 신혼집을 마련했는데, 대낮에는 아이들
이 뛰노는 소리가 상당하다고 얘기했다. 저층일 경우에는
시끄러워서 스트레스를 받을 수 있다고 했다. 일리 있는 말
이었다. 그 외에도 수압, 배수, 통풍, 누수나 결로처럼 한 번
더 확인해야 하는 사항을 정리한 뒤 재차 집을 보러 갔다.

햇빛은 어느 한 곳도 놓칠 수 없다는 듯 집 안을 꽉 채
우고 있었다. 놀이터의 소음도 거의 없었다. 아이를 키우
는 젊은 부부보다는 노후를 보내는 노년층이 주로 사는 듯
했다. 이따금 손녀로 보이는 아기를 안고 가는 할머니를 보
긴 했지만 놀이터에 아이들이 북적이지는 않았다. 크게 파
손되거나 고장 난 것도 없어 보였다. 변기 물을 내리고 바
닥에 물을 뿌려 배수가 어떻게 되는지 확인했을 땐 수압이
다소 약한 것 같았지만, 워낙 오래된 아파트라 뾰족한 수가

없었다. 꽤 좋은 컨디션에 워낙 저렴한 금액으로 나온 물건이니 결정을 서두르는 게 좋다고 중개업자가 말했다. 다른 사람이 계약하면 우리와는 인연이 없는 집일 테니 그 말을 듣고도 우리는 태평했다.

어차피 집을 구할 땐 여러 번 다른 시간에 방문해야 한다. 중개업자를 끼지 않고 저녁에 한 번 더 방문했다. 이때는 주위 환경을 꼼꼼히 살폈다. 구축 아파트는 주차 공간이 협소한 경우가 많으니 우선 주차장에 여유 공간이 얼마나 있는지부터 확인했다. 이 아파트는 관리가 아주 잘 되는 것으로 유명했고 세대별로 등록할 수 있는 차량의 대수도 엄격히 제한한다는 소문이 있었다. 듣던 대로 단지 내부는 청결하고 조경도 잘 되어 있으며 주차장도 생각보다 여유로워 보였다. 마음이 기우는 것 같았지만 큰돈이 들어가는 일이니 우리는 더 생각할 시간을 갖기로 했다. 마침 추석 연휴를 앞둔 때라, 각자의 집에서 고민하기로 약속한 뒤에 우리는 헤어졌다.

본가에서 뒹굴뒹굴하며 부모님께도 집 사진을 보여줬으나 그들은 나의 이사에 큰 관심이 없었다. "좋네, 능력 되면 가" 정도의 입장이었다. 나는 혼자서 점점 고민에 빠졌다. 이상하게 계속해서 머리에 그 집이 아른거리는데 이게 단순히 이사에 대한 갈망 때문인지 헷갈렸다. 그간 봤던 십수 개의 집을 복기하다가 그 이유를 찾았다. 그곳은 떠올리면 마음이 편안해지고, 밤에 위스키 한잔 마시는 나를 상상할 수 있는 유일한 집이었다. 다른 곳에서는 그런 장면이 떠오르지 않았다. 마음이 기울었음을 그때 깨달았다.

집값을 따져도 그 아파트가 제일 적합했다. 우리의 예산은 정해져 있는데 주제에 비해 눈은 높았다. 우리가 원하는 컨디션의 집은 당장 가진 돈으로는 도저히 갈 수 없었다. 한 3년은 더 지나야 이사할까 말까 한 수준으로 비쌌다. 하지만 그 집은 위치나 상태에 비해 저렴했다. 사실 집값이 주변 시세보다 싸다는 건 단점이 있다는 말인데, 그 집의 단점이 우리에게는 전혀 단점이 아니었다.

불편한 교통이 첫 번째 단점이다. 자차가 있다면 서울 시내를 주행하기 아주 좋은 위치지만 가까운 곳에 지하철역이 없다. 주민들은 보통 도보로 10분 정도 걷거나 버스를 타고 역까지 이동하는 듯했다. 하지만 아파트 코앞에 버스 정류장이 있고 그곳에서 윤과 린의 회사 혹은 회사 근처까지 가는 버스를 탈 수 있었다. 소규모 단지에 저층 매물인 것도 가격 하락에 영향을 미쳤지만, 이 두 가지는 오히려 내가 원했던 부분이니 우리에게는 단점이 아니라 장점이었다. 지금 우리가 선택할 수 있는 집 중에 이곳이 최선이자 최고라는 생각이 들었다. 그래도 혹시 모르니 연휴가 끝나고 한 번 더 윤과 만나 임장하기로 약속했다. 끝날 때까지 끝이 아니니 최선을 다해서 우리의 집을 찾아봐야만 했다.

억 소리 나는
아파트 살이

추석 연휴가 끝나고 서울에서 다시 만난 나와 윤은 또 임
장을 갔다. 마지막으로 딱 두 군데만 더 보고 오늘은 결정
하자고 작심한 날이었다. 공덕역과 효창공원 사이에 있는
구축 아파트 1층 매물과 그보다 신축이고 더 넓은 아파트
의 8층 매물이었다. 두 곳 모두 아파트의 위치는 좋았으나
역과 거리가 멀었다. 특히 아파트가 평지에 있지 않아 언덕
을 올라야 한다는 점이 치명적인 마이너스 요소였다. 공원
이 가깝지만 가는 길이 차도와 인도가 분리되어 있지 않은
길이라 위험해 보이기도 했다.

　1층 매물은 25평짜리였는데 세입자가 커튼을 꽁꽁 치

고 살고 있었다. 거실 창밖으로 주민들의 통행이 잦은 듯했다. 보기만 해도 답답한 풍경이었다. 8층 매물은 엘리베이터를 잡는 순간부터 몇 층에 사는지 모를 개가 계속해서 짖어댔다. 이 아파트에 입주하면 구름이와 저 친구가 자아낼 불쾌한 하모니가 귀에 선했다. 8층에 도착하기도 전에 그 집은 탈락이었다.

"오늘은 결정하자.
아니면 보증금을 더 모을 때까지
이사를 미루는 수밖에 없어."

하나부터 열까지 마음에 드는 집은 없다. 모든 조건이 맞아떨어지면서 원하는 평수와 상태인 집을 구하기란 하늘의 별을 따는 것만큼 어려운 일이다. 이는 집뿐만 아니라 사무실이나 상업 공간을 임대할 때도 마찬가지다. 작업실을 구하고, 칵테일바 창업을 준비하면서 깨달았다. 세세하게 따져가며 100퍼센트 만족스러운 물건을 찾으려고 오래 고민하면 80퍼센트 마음에 들었던 매물은 그사이에 다른 사람이 채간다. 완벽한 공간은 나중에 매매해서 인테리어 공사로 만들어내면 되고, 임대하는 처지라면 열에 일고여덟 정도만 마음에 들어도 느낌이 온다면 일단 계약해야 한다. 단점은 조금씩 커버하며 지내도 괜찮다는 게 나의 지론이다. 심지어 창밖이 아름다운 그 아파트는 이렇다 할 결격 사유도 없었다. 나는 고개를 들어 윤의 눈을 마주치고 턱을 위아래로 끄덕였다. 그 집으로 가자는 신호였다.

공인중개사에게 계약하겠다고 말하기 전 우리끼리 논의할 것은 보증금이었다. 그 집은 1억에 200만 원, 1억 5,000에 180만 원, 2억에 160만 원에 나와 있었다. 수중에 2억은 없었다. 우리가 확실히 만들 수 있는 금액은 1억 5,000 정도였다. 우선 각자 살던 집에 깔아 둔 돈이 윤의 오피스텔 보증금 5,000만 원과 나의 보증금 1,000만 원, 린의 5백만 원까지 총 6,500만 원이었다. 셋이서 각자 적금이나 예금 등으로 보유한 현금이 대략 9,000만 원을 웃돌았으니 1억 5,000은 문제없이 마련할 수 있었다. 그럼 월세가 180만 원. 각자 60만 원씩 부담하면 오피스텔 월세와 비슷한 수준이다. 분명 거주 비용을 늘리기로 마음먹고 이사를 결심했는데도 나는 관성에 이끌려 조금이라도 월세를 깎고 싶었다. 어차피 도장을 찍기 전까지는 뭐든 질러 봐도 괜찮지 않나. 밑져도 본전이라는 마음으로 문자 한 통을 보냈다.

안녕하세요, 사장님. 계약하고 싶은데요.

월세를 150만 원에 맞춰주실 수 있을까요?

얼마 지나지 않아 답장이 왔다. 집주인과 이야기를 마쳤고 150만 원에 해줄 수 있지만 그러려면 입주 시기를 당겨달라는 내용이었다. 우리는 쾌재를 불렀다. 10월 말로 이사를 앞당기면 해결해야 하는 문제가 무엇인지부터 정리했다. 계약 기간이 1년 넘게 남은 윤의 오피스텔이 가장 큰 숙제였다. 나는 11월 중순이면 계약이 만료됐다. 10월 말에 이사하면 몇 주가 뜨지만, 천천히 짐을 정리한다고 생각하면 그쯤은 손해를 봐도 괜찮다고 생각했다. 그날 바로 윤의 오피스텔을 부동산에 내놓고, 부동산 중개 사이트 몇 군데에 글을 올렸다. 임시계약금 200만 원도 입금했다. 이제 앞당긴 이사로 부족해진 보증금을 어떻게 해결할지 우리는 머리를 맞대고 고민했다.

만일의 사태에 대비해 바로 매도할 수 있는 주식이 있는지, 그 액수는 얼마인지도 모두 공유했다. 대출은 절대 하고 싶지 않았다. 계획보다 빠른 이사에 윤에게 내세운 나의 조건도 딱 하나였다. 월세가 백 단위로 들고 여기에 아파트 관리비와 공과금이 추가될 테니, 월세로 이사한다면 대출은 없어야 한다는 것이었다. 물론 대출이 무조건 나쁜 것도 아니고, 적절한 대출은 도움이 되겠지만 우리가 여기서 대출까지 끼고 이사하는 건 형편에 맞지 않는 일이라고 생각했다. 나는 남동생에게 전화해 "동생아, 다음 달쯤 돈 좀 빌려주겠니" 하며 친한 척을 했다. 여러 대책을 세우다 보니 하늘이 무너져도 솟아날 구멍이 하나쯤은 있을 것 같았다. 정 안 되겠으면 보증금을 낮춰 계약하자고 결론을 내렸다.

그야말로 억 소리가 절로 난다. 현실적이지 않은 금액 때문에 아파트는 엄두조차 나지 않을 수 있다. 우리는 서울 중심부를 포기하지 못해 보증금이 더 비쌌지만, 그보다 저렴한 금액의 아파트 월세 물건도 많다. 우리가 봤던 것 중 가장 저렴했던 집은 1억에 120만 원이었다. 셋이서 산다고 가정하면 각자 3,000만 원을 웃도는 보증금에 40만 원의 월세를 부담하면 된다. 25평대 아파트로 범위를 넓히면 선택지는 훨씬 많아진다. 아직 학생이라면 3,000만 원도 매우 큰돈이지만 사회생활을 시작하고 연차가 쌓이면서 차근차근 모은다면 충분히 만들 수 있다. 3,000만 원에 40만 원이면 서울에서 약 8평짜리 원룸을 구할 수 있는데, 같은 돈이라면 친구들과 힘을 합쳐 훨씬 더 좋은 환경으로 이사하길 추천한다.

보증금부터 계약까지,
신기해서 더 짜릿한 삶

"안녕하세요, 아파트 매물 보러 왔는데요.
마포구랑 용산구 30평대 아파트 월세 물건만 찾고
있고요, 저희 셋이 살 거예요. 아, 자매는 아니고 그냥
친구예요."

본격적으로 매물을 구경하러 다니던 때에 어느 부동
산을 가도 우리는 '요즘 애들' 취급을 받았다. 한번은 린과
둘이서 부동산에 갔는데 우리를 모녀지간으로 오해하고
나에게 "남편분은 안 왔냐"라고 질문한 중개업자도 있었
다. 나를 린의 엄마로, 린을 중학생쯤 되는 남자아이로 봤
으니 뭐 하나 제대로 맞힌 게 없었다. 아무래도 또래 여자

셋이서 함께 살 아파트를 구하는 모습이 어른들에게는 생경한 듯했다.

"요즘 아가씨들은 정말 신기해!
너무 재밌는 인생이다."

내가 부모님 몰래 칵테일바를 창업했다는 소식을 알렸을 때 친구들 입에서 나온 말도 비슷했다. "너는 진짜 신기하다, 신기해…", "어떻게 가게를 차리면서 부모님께 말을 안 할 수가 있어?" 하며 모두가 기함했다. 나는 친구들의 반응이 더 신기했다. 어차피 내가 모은 돈으로 바는 차릴 것이고, 말해봤자 좋은 얘기는 못 들을 테고, 사업에 실패해도 책임은 내가 지는데 왜 이야기해야 하는지 이해하지 못했다. 굳이 말해봤자 걱정만 살 뿐이었다. 결국 가게를 차렸다는 사실은 개업하고 2년이 지나서 부모님께 직접 말씀드렸다.

생각해 보면 나는 언제나 '신기한' 애였다. 어릴 때부터 참 당돌하고 희한한 여자애라는 소리를 자주 들었다. 또 박또박 말대답은 기본이고, 기가 죽는 법도 없었다. 한복

디자이너가 신라호텔 입장을 거부당했다는 기사를 봤을 때 친구와 한복을 입고 조식 뷔페를 먹으러 신라호텔에 다녀왔다. 밥을 먹고 남산 일대에서 외국인들과 사진도 찍어주고, 이날의 이야기를 인터넷에 올렸다. 신기한 스토리였는지 조회수가 50만을 넘었다. 남들이 봤을 때 신기한 발상을 행동으로 옮기기까지 나는 거침없는 편이었다. 해야겠다는 생각이 들면 성공시킬 방법만 생각했고, 누가 어떻게 보든지 전혀 신경 쓰지 않았다. 사회의 기준과 타인의 시선으로부터 비교적 자유롭게 살아왔던 것 같다. 네 인생이니까 알아서 하라는 말을 많이 듣고 자라서일까.

'내 인생은 내 것이다. 아무도 대신 살아주지 않는다' 라고 백날 생각해 봤자 그렇게 살지 않으면 어떤 의미도 없다. 시간은 유한하고 인생은 짧다. 심지어 언제 끝날지도 모른다. 남들이 모두 대학에 간다고 해서 꼭 대졸자가 될 필요는 없다. 친구들이 다 결혼하니 왠지 가야 할 것 같아 조급해할 이유도 없다. 단, 부모님의 성화에 쫓기지 않으려면 경제적, 정신적으로 독립해야 한다. 몇 년 전, 나의 결혼에 미련이 남은 엄마가 '좋은 남자' 타령을 계속하던 때가 있었다. 내가 부모로부터 정신적으로만 독립한 시기였다.

"엄마가 대신 살아주면 혼인신고는 해줄게"라고 대답하고 나는 열심히 돈을 벌었다. 완전한 독립을 마친 지금 엄마는 나에게 더 이상 결혼하라고 하지 않는다.

이번 이사는 부모님 몰래 하지 않았다. 솔직하게 말하고 나의 거창한 미래 계획도 공유했다. 집을 보러 가서 만난 중개업자나 집주인들에게도 스스럼없이 이야기했다. 부럽다는 듯이 쳐다보는 집주인도 있었고, 결혼할 시기에 친구와 집을 합쳐버리면 어떡하냐고 묻는 사람도 있었다. 계약을 앞두고 지금 사는 집의 주인 내외를 만났을 때도 두 분의 반응이 엇갈렸다. 남자 집주인은 걱정스러운 눈으로 "젊은 사람들이 결혼을 해야지, 이러면 쓰나" 하고, 그 옆에서 여자 집주인은 남편의 팔을 잡으며 만류했다. 요즘에는 그런 말 하는 거 아니라고, 좋아 보이는데 왜 그러냐고. 이미 귀에 딱지가 앉도록 들은 말이었기에 우리는 그저 허허 웃고 말았다. "그러게요. 저희는 이게 좋네요" 하면서.

그런데 도장을 찍기 전 엄청난 변수가 발생했다. 윤의 오피스텔에 들어올 세입자가 도무지 구해지지 않았다. 내가 살던 투룸은 계약이 곧 끝날 예정이라 크게 상관없지만 윤의 계약 기간은 거의 1년 가까이 남았고 심지어 그곳에는 5,000만 원이라는 목돈이 묶여 있었다. 돈도 문제지만 계약자 명의도 문제였다. 우리는 윤의 명의로 계약할 예정이었는데 그러지 못하게 된 것이다. 아파트에 큰돈이 보증금으로 들어가니 이사하자마자 확정 일자를 받고 전입신고를 해야 하는데, 무턱대고 전입신고를 했다가 오피스텔의 보증금을 받지 못할까 봐 괜히 찜찜했다. 우리는 윤의 오피스텔이 아직 나가지 않았다는 사실을 공인중개사에게 알리고 입주 날짜를 뒤로 미뤄 계약할 수 있는지 문의했다. 집주인과 통화한 부동산 사장님은 일단 알겠으니 계약 날 만나자고 말한 후에 전화를 끊었다.

디데이. 결국 계약 당일까지 윤의 오피스텔은 나가지 않았다. 우리의 5,000만 원은 그곳에 계속 묶여 있었다. 그날은 계약금 2,000만 원만 입금하면 되는 날이었으나 입주까지 3주밖에 안 남았고, 그 안에 집이 빠질지는 미지수였다. 입주를 미루는 게 안전했다. 부동산으로 향하는 길에 나는 윤을 쳐다보며 눈을 빛냈다. '계약금이 100~200이면 날려도 인생 교훈이라고 치는데, 2,000만 원짜리 교훈은 필요 없어. 알지?' 윤도 결연하게 고개를 끄덕였다. 의지를 다지며 들어간 부동산 안에는 이미 집주인 내외가 앉아 있었다. 퇴근이 늦어져 죄송하다고 사과드린 후에 어떻게 된 일인지 설명했다. 집주인은 중개인에게 이야기 전해 들었다며, 걱정이 많겠다고 우리를 위로했다. 잘하면 입주를 미뤄줄 것 같은 분위기였다. 그 기세를 몰아 눈썹을 더욱 팔자로 만들며 입꼬리를 내렸다. 그런데 그 순간 집주인이 놀라운 이야기를 꺼냈다.

"5,000만 원은 집 빠지고 줘도 괜찮으니까,
입주 후에 보내줄래요?"

깜짝 놀랄 수밖에 없는 제안이었다. 잔금을 모두 치르지 않은 채로 입주를 허락하는 집주인이라니. 지금까지 여러 건물주와 집주인을 겪어봤지만 이런 사람은 처음이었다. 그래도 괜찮냐고 재차 여쭤봤는데도 그저 웃으며 고개를 끄덕였다. 입주 예정일이 10월 말이니 두 달 정도 말미를 더 주면 어떻겠냐고 집주인이 말했다. 대신 계약 기간을 그날에 맞춰 연말까지로 늘리자고 했다. 원래 그분은 세입자가 잔금을 치르면 딱 2년짜리 예금에 모두 넣어 뒀다가 만기 날 해지해 보증금을 돌려주는 편이라고 했다. 우리는 거절할 이유가 없었다. 입주를 늦춰도 길어봤자 한 달 정도 예상했고, 그 안에 어떻게든 돈을 구할 생각이었는데 연말까지면 두 달의 여유가 생기는 것이었다. 우리는 5,000만 원은 연말까지 드리고, 한겨울에 이사하기 힘드니 봄까지 계약하겠다고 말했고 모든 논의가 평화롭게 끝났다.

계약은 내 명의로 진행했다. 우리는 서로를 믿고 따로 서류를 작성하지는 않았지만, 큰돈이 들어가 마음이 영 불안하다면 보증금 비율에 대한 문서를 공증받는 방법도 있다. 비용은 꽤 들지만 공증 사무소에서 아주 간편하게 할 수 있다. 근로 소득이 있는 윤의 명의로 계약하지 않은 게 아쉬웠는데 2023년 귀속 연말정산부터는 계약자 본인이 아니더라도 세액 공제를 받을 수 있었다. (여러 조건이 더 있으니 꼼꼼히 확인해야 한다) 신기하게도 그 많던 걱정이 거의 다 해결됐다. 그래도 긴장을 놓지 않은 채 등기부등본을 한 번 더 확인했다. 융자가 거의 없는 집이라 한시름 놓고 사인을 했다. 얼마 있지 않은 융자는 이삿날 모두 해결하겠다는 특약을 추가했다. 임대 계약을 여러 번 해본 경험이 크게 도움이 됐다.

이삿날이 되었다. 아침 댓바람부터 이사하고, 짐을 풀기도 전에 출근했다가 다시 돌아왔을 땐 이미 이사를 도와주러 온 친구들이 방음재를 현관에 붙이고 있었다. 1차 잔금을 보내기 전에 등기부등본을 한 번 더 확인했다. 여전히 별다른 문제가 없었다. 윤과 린에게 미리 받아 둔 돈을 집주인에게 모두 보냈다. 이렇게 큰돈이 훅 나갈 때마다 나는 또다시 새로 시작한다는 느낌을 받는다. 이날도 마찬가지였다. 그토록 바라던 아파트에 생각지 못한 형태로 살게 된 첫날이었다. 텅 빈 집 주방에 서서 거실 쪽을 바라보자 기분이 이상했다. 집 안 곳곳에서 청소하고 짐을 푸는 친구들이 나의 현실 감각을 겨우 유지해 줬다. 나 결국은 또 질러 버렸구나. 하지만 잘했다. 스스로를 다독이는 와중에 집주인에게 무한한 감사의 마음이 들었다. 여러 사정을 이해해 주신 덕분에 잘 들어왔다고 메시지를 보냈다. 몇 시간이 훌쩍 지나 집주인이 보낸 답장은 이렇다.

이쁜 아가씨들도 복 마니 받으시고
잼나게 사세요.

처음 만났을 때 우리를 신기하게만 바라보던 집주인

도 금세 우리에게 익숙해진 듯했다. 이러나저러나 희한하게 보는 사람들은 그렇게 보고, 좋게 봐주는 사람들은 긍정적으로 바라본다는 걸 한 번 더 느낀 순간이다. 긍정적이거나 부정적인 최초의 인상은 언제까지나 지속되지도 않는다. 이상하다고 말하다가 갑자기 생각이 바뀌어 칭찬할 수도 있다. 나와 완전히 똑같은 생각이라며 동조하다가 순식간에 다른 길을 가기도 한다. 타인의 평가가 바뀌는 것은 손바닥 뒤집듯 쉬운 일이라 그 평가에 기대어 살면 나의 중심도 흔들릴 수밖에 없다. 삶의 주인이 되면 사람이 묵직해진다. 내 인생을 안정감 있게 운행할 수 있다. 한 번 경험하면 뒤로 돌아가기 힘들 만큼 짜릿한 느낌이다. 내가 결정한 일로 가득 채운 만족스러운 일상이 '신기한' 삶이라면, 나는 그냥 평생 신기한 사람으로 남고 싶다.

우리 집
세 여자를 소개합니다

1. 린 (29세)

2016년부터 무려 9년째 함께 사는 두 살 연하의 룸메이트. 내가 서울에서 만든 또 다른 가족 중 한 명이다. INTJ, 특이점은 T의 비율이 100퍼센트라는 것. 인간 키오스크로 유명하지만, 최측근 앞에서는 누구보다 가슴이 따뜻한 사람이다. 내가 무슨 짓을 해도 내 편을 들어주리라는 확신이 드는 친구인 동시에 자식 같다는 느낌이 드는 동생이다. 린에게는 아까운 것이 없다. 돈도, 시간도, 노력도, 잔소리도 아끼지 않는다. 린이 더 나은 삶을 살고 더 잘되기를 나는 언제나 기도한다. 받은 게 너무 많은 듯해 뭐라도 더 주고 싶은 사람이기도 하다.

우리는 8년 전부터 험난한 인생을 항해하는 전우 사이가 됐다. 참 가난하고 고달팠지만 나름의 즐거움이 있던 시기였다. 내가 취업 준비에 매진할 땐 린이 아르바이트를 해서 번 돈을 같이 썼다. 밥이나 커피 같은 음식은 물론이고, 수험 생활에 필요한 가방부터 책까지 여러 번 도움을 받았다. 나의 아르바이트비도 마찬가지였다. '네 돈이 내 돈이고, 내 돈이 네 돈이다'라는 마음가짐으로 살았달까. 물질이든 아니든 받는 것을 불편해하던 내가 상대의 마음을 스스럼없이 받게 된 것도 이쯤부터였다. 잘 받을 줄 알아야 잘 나눌 수도 있다는 것을 린 덕분에 깨달았다.

린은 고생길을 함께 걸은 파트너이기도 하다. 언덕배기 정상에 있던 원룸에서, 대학로 오르막길의 투룸을 지나 평지에 있는 쓰리룸 아파트로 오기까지 참 치열하고 끈덕지게 시간을 보냈다. 별의별 사건이 다 일어났고, 그중에는 너무나 고통스럽고 슬픈 일도 있었다. 우리는 서로의 곁을 묵묵히 지키며 모든 게 나아지기를 바랐고, 일부 상황은 좋아지고 또 어떤 부분은 전혀 괜찮아지지 않았지만 주어진 하루를 묵묵히 살고 있다. 이제는 얼굴만 봐도 하려는 말을 알아채고, 구름이 밥이나 산책에도 암묵적인 루틴이 생겨 말하지 않아도 안다.

물론 우리 사이가 언제나 좋기만 한 건 아니다. 나는 말수가 적고 표정 없는 린이 답답하고, 린은 방에만 틀어박혀 있고 싶은데 계속 움직이라고 잔소리하는 내가 귀찮을 것이다. 화장실 청소 좀 제대로 하라고 언성을 높이거나 귀찮은 구름이 산책을 서로에게 떠넘기기도 한다. 이제는 그냥 나의 가족이다. 가끔은 피 한 방울 섞이지 않은 린이 가족보다 더 가족 같다고 느낀다. 나에게 경사가 생기면 울면서 기뻐하고(나도 울지 않는데), 중요한 일을 앞두고 있으면 옷을 잔뜩 사준다거나 나보다 더 호들갑을 떤다. 모르긴 몰라도 이런 게 가족의 정서적 지지구나, 생각한다. 그 옆에서는 윤이 신기하다는 눈으로 우리를 쳐다보고 있다.

2. 윤(32세)

린과 나를 신기하게 생각하는 윤은 열일곱에 만난 내 고등학교 동창이다. ISFJ. (나와 정반대 MBTI의 소유자다) 청소광.

지나간 자리에는 어떠한 것도 남기지 않는 아름다운 사람. 워낙 깔끔한 타입이라 나랑 살림을 합치게 될 줄은 상상도 못 했던 친구다. 고교 시절 성적 우수자들의 전용 자습 공간에 내가 운 좋게 포함되었을 때(윤은 언제나 그곳에 있었다) 알게 됐고, 우리는 논술 과외와 동방신기 덕질을 함께하며 가까워졌다. 윤은 언제나 성적이 우수했고, 결국 1점대 초반의 내신으로 대학에 입학했다. 대학교도 수석으로 졸업하고 동시에 일을 시작한 9년 차 사회인이자 나와 함께 조기 은퇴를 꿈꾸는 파이어족 지망생이다. '일하기 싫어증'에 걸린 지 오래되었으며 가슴속에 사직서를 품고 사는 현대인 그 자체. 최근에는 자꾸 나에게 자기는 살림만 하게 해 달라고 요청 중이다.

우리는 고등학교 졸업 이후로 약 2년간 연락이 끊겼었다. 운명이었는지 어쩌다 연락이 닿아 만나기로 약속을 잡았는데, 약속 장소가 비행기 안이었다. 어떻게 몇 년 만에 만나 여행을 했는지는 여전히 미스터리지만 우리는 제주도에서 재회해 그 후로 쭉 연락하며 지냈다. 재작년부터 돈이나 집에 대한 한탄을 함께하다가 결국 일을 저지른 동갑내기 파트너. 이사 전에 같이 사주를 보러 갔을 땐 "저분

(나) 옆에 있으면 결혼 못 합니다"라는 소리를 들었다. 윤에게 부족한 걸 모두 내가 가지고 있다는 얘기였는데 오히려 좋아했다는 후문. 사랑을 믿지 않고, 결혼은 여자 손해라고 생각하는 점에서 나와 가치관이 비슷하다. 동갑인 친구와는 처음 살아보는데, 걱정거리나 지향점이 유사해 아주 만족스럽다.

성격이나 성향이 정반대인데 비슷한 부분도 많다. 우리는 비교적 객관적이고 이성적으로 일을 처리하는 편이고, 외부 환경에 큰 스트레스를 받지 않는다. 눈물이 없고 감정 표현에 서툴다는 점도 비슷하다. 둘 다 회사에 다니며 창업한 경험도 있다. 윤이 창업한 업종은 카페였는데 꼼꼼한 일 처리와 맛있는 베이커리로 제법 입소문을 탔지만 지금은 폐업했다.

반면 우리의 차이점은 일상생활에서 가장 두드러진다. 나는 게으른 올빼미인데 윤은 부지런한 아침 새에 가깝다. 큰일을 진행할 때도 내가 확신을 기반으로 일단 지르는 행동파라면, 윤은 치밀한 계획을 세운 뒤 움직이는 전략가다. 역술가의 말처럼 우리는 서로에게 없는 것을 지니고 있어 상호보완이 매우 잘 된다. 무던한 성격 덕에 마찰이 생기지 않는다. 앞으로 더욱 맞춰 나갈 날들을 함께 보내고, 엉덩이 흔들며 여행이나 다닐 우리의 중년이 기다려진다.

3. 김구름(8세)

2016년 운명처럼 만난 파주 출신 강아지. 어느 가정집에 둘째로 입양됐다가 첫째 강아지가 갑자기 생긴 동생을 너무 싫어하는 바람에 입양과 동시에 파양됐다. 처음 봤을 때 사진과는 달리 큰 몸집과 꾀죄죄한 모습에 놀랐지만, 약 일주일간 키운(?) 파양자가 "강아지 이름은 그간 뭐라고 부르셨냐"라는 나의 질문에 아무런 대답도 하지 않는 모습에 충격받아 그 길로 내가 데리고 왔다. 덕분에 김구름이라는 이름을 얻고 서울 강아지로 사는 중.

같은 개한테는 까칠한데 사람에게는 천사표 그 자체인 구름이. 코, 주둥이, 발바닥까지 어느 곳을 만져도 화내지 않고 참아준다. 공놀이와 장난감 놀이를 가장 좋아하고 잘 때가 가장 천사 같지만, 코골이, 이갈이, 잠꼬대 모두 하는 천방지축 강아지. 집에서는 얌전하지만 모든 개가 그러하듯 소음에 예민해 집 밖에서 소리가 나면 짖는다. 몸무게는 6킬로그램 남짓이지만 제 딴에는 본인도 중형견이라고 목청이 매우 커 아파트로 이사한 데 한몫을 했다. 원룸에 살 때 친구의 넓은 집에 데려가면 그렇게 뛰어다니더니, 이번 이사에 가장 만족하는 것도 김구름 같다.

구름이의 하루 루틴은 이렇다. 아침 8시 반에 출근하는 윤에게 애교 떨며 배웅하기. 다시 내 옆으로 와 옆구리에 끼어들어 잠을 청하고, 11시쯤 일어난 나와 함께 아파트 단지를 산책하며 1차 배변. 집으로 돌아와 유산균과 피모 영양제, 오메가3를 뿌린 사료 한 그릇 잡수고, 아직 꿈나라인 린의 침대에서 낮잠을 때린다. 오후 4시경 출근을 앞둔 린과 함께 2차 놀이터 나들이를 다녀오면 6시 조금 넘어 윤이 퇴근한다. 껌 하나 얻어먹고 장난감 좀 가지고 놀다 보면 밤이 된다. 퇴근한 내가 윤과 늦은 저녁을 먹으면 그때부터 본격적인 산책이 시작된다. 1시간 걷다 들어오면 김구름은 기절 직전. 그렇게 하루가 끝난다.

반려인이 세 명이나 돼서 가장 기쁜 건 아무래도 김구름일 것이다. 밤새 이 침대 저 침대를 돌아다니며 얼마나 많이 움직이는지 모른다. 내가 일하고 있으면 스윽 눈치를 보고 윤에게 달려가 안긴다. 윤도 바쁜 것 같으면 린의 침대에 가서 엉덩이를 붙이고 잔다. 강아지를 쓰다듬어 줄 손이 여섯 개라 내 손이 바쁠 때도 구름이는 사랑받을 수 있다. 덕분에 구름이는 국내 여행도 자주 다녔다. 강아지와 여행하면 챙길 짐이 많아져(일단 개부터가 짐이다. 6킬로그램짜리) 혼자서는 양손으로도 부족한데, 친구들과 함께 가면 일사천리로 역할이 나뉘고 강아지도 척척 들 수 있기 때문이다. 아무튼 여행지에서 축구하는 것을 가장 좋아하고 1시간 이상 뛰어놀아도 지치지 않는 강철 체력의 강아지가 김구름이다.

집꾸의 시작,
공용 공간 채우기

아파트 월세살이의 시작. 아파트는 풀옵션 매물이 거의 없어서 우리도 텅텅 빈 아파트에 입주했다. 내 집이 아니라면 모든 가전을 구매하긴 부담스럽다. 짧으면 2년만 살고 나갈 집이니 추후 이사할 것까지 생각해 집 안을 채워야 한다. 어떤 가전을 구매할지, 기종은 무엇으로 할지 혼자서 결정할 수도 없는 노릇이라 우리는 또 모여서 머리를 맞댔다.

각자 원하는 집의 모습을 먼저 공유했다. 우리가 공통으로 그리는 집의 이미지는 깔끔하면서도 따뜻한 느낌이었다. 화이트톤에 밝은 우드톤, 베이지색, 이 세 가지 색깔을 핵심으로 가구도 이 톤에 맞춰 구매하고, 검정과 빨간색 가구는 공용 공간에 들이지 않기로 합의했다. 가구를 구매할 때 어떤 점을 중시할지도 미리 얘기했다. 나랑 윤은 예쁜 가구를 좋아하지만 조금이라도 눈에 띄는 가구는 다 너무 비쌌기 때문이다. 꽂혀서 사고 싶더라도 세 명의 지갑에서 돈이 나가는 문제니 자제할 필요가 있었다. 마음에 드는 가구는 다음에 집을 사면 그때 사자고 약속했다. 합리적인 가격과 봐줄 만한 디자인의 가구가 우리의 1순위였다.

공간별로 필요한 가전 리스트를 뽑았다. 대형 가전과 가구부터 시작했다. 에어컨, 냉장고, 세탁기는 필수였다. 꼭 필요하지는 않지만 편의를 위해 들이면 좋은 물건도 있었다. 거실장, 주방 식탁과 의자, 부엌에 둘 선반, 공기 청정기, 건조기, 정수기가 거기에 속했다. 그 밖의 소형 가전도 많았다. 전자레인지, 전기 포트, 밥솥, 청소기, 커피머신, 토스트기 등이다. 이렇게 필요한 물건의 목록을 먼저 정리하고 우리가 이미 가진 것과 구매할 것으로 분류했다. 다음엔 거실과 부엌으로 나눠 어떤 것을 살지 이야기를 나눴다.

거실에는 커다란 책상 하나를 두기로 했다. 윤은 재택근무하는 날이 많아 집에서 자주 일했다. 윤의 방에도 작은 책상을 들이고, 나 또한 방 안에 편집할 공간을 마련할 생각이었지만, 카페의 대형 테이블처럼 커다란 테이블에 옹기종기 모여 앉아 일하고 싶었다. 거실에 앉아 있을 공간을 두지 않는 건 환상적인 창밖 풍경을 가진 우리 집에도 못할 짓이었다. 비싸고 좋은 가구를 월셋집에 두는 건 사치처럼 느껴져서 44만 원짜리 테이블과 17만 원짜리 거실 장을 샀다. 친구들이 올 것을 대비해 의자 4개도 26만 원을 주고 구매했다.

TV를 들이는 건 모두가 반대했다. 다 같이 바보가 될 수는 없었다. 어차피 TV 예능은 보지 않고 OTT로 콘텐츠를 소비하니 각자의 아이패드나 노트북을 이용하기로 했다. 냉장고는 작은 크기로 구매해 50~60만 원 선에서 끝냈다. 베란다를 맨발로 드나드는 데 필요한 조립식 바닥 타일과 거실 창문을 가릴 쉬폰 커튼을 추가로 구매했다. 귀여운 발매트 두 개와 뽀송한 털이 달린 실내화 네 개도 샀다. 모두 합해 약 160만 원 정도가 들었다. 인당 50만 원을 웃도는 금액이다. 이 밖에도 공용 공간에 드는 돈은 철저히 N분의 1로 계산했다.

에어컨과 세탁기가 고민이었다. 구매하면 더 저렴했지만, 그 큰 가전을 나중에 또 옮길 생각에 머리가 지끈거렸다. 윤이 구독 서비스를 이용해보면 어떻겠냐고 제안했다. 나쁘지 않은 아이디어였다. 구독 서비스로 세탁기와 건조기가 결합된 상품을 이용할 수 있었다. 윤은 건조기를 꼭 들이고 싶다고 했다. 삶의 질을 한 번에 올려주는 가전이었다. 나도 자취하면서 건조기를 써본 적이 없어서 호기심이 일었다. 셋이서 수건을 쓰면 빨래 주기가 아주 짧아지는데 일주일에 한두 번씩 빨래하고 매번 건조대에 말리는 것도 꽤 시간을 잡아먹는 일이었다. 매달 5만 원쯤인 워시타워 구독료는 윤이 내기로 했다. 인터넷과 정수기는 내가, 공기청정기는 린의 담당이었다.

이사를 앞두고 크게 지출하는 바람에 에어컨 설치는 여름으로 미뤘다. 구매와 구독 사이에서 계속 고민하다 올여름 결국 구독하는 쪽으로 가닥이 잡혔다. 스탠딩 에어컨과 벽걸이 에어컨이 결합한 상품으로 거실에 한 대, 안방에 한 대 설치했다. 이 비용은 공용 생활비 카드로 결제하고 있다. 생각보다 전기세가 많이 나오지 않아 만족하며 살고 있다. 우리 집은 이제 사계절 내내 문제없이 살 수 있는 환경이 되었다. 거실장과 소파(윤이 가지고 있던 것), 6인용 테이블까지 들어오니 꽉 찬 공간만큼 안정감을 느낄 수 있다.

이사 후에 거실로 들인 특별한 가구가 하나 더 있다. 바로 안마의자다. 여의도에 있는 북카페에 윤과 함께 들렀다가 그곳에 비치된 안마의자를 사용했는데, 디자인부터 성능까지 아주 마음에 들었다. 온갖 할인과 쿠폰을 적용해 110만 원대에 구매했다. 우리 둘이 사고 싶어 했고, 저렴하지도 않았기 때문에(일종의 언니병이다) 린은 제외하고 윤과 반씩 부담했고 셋이서 잘 쓰고 있다. 덕분에 거실에서 할 일들이 많아졌다. 소파에 누워 있거나, 책상에 앉아 식사하며 드라마를 보고, 안마도 할 수 있는 거실은 내가 집에서 가장 좋아하는 공간이다.

월세 분배와
방 배정

대한민국 아파트가 으레 그렇듯 우리 집도 어디서나 볼 수 있는 구조의 아파트다. 거실과 베란다, 방 3개와 화장실 2개로 구성된 30평대 집인데 방 크기가 제각각이다. 작은 화장실이 딸린 안방, 베란다를 튼 중간 방과 침대 하나와 옷장 하나로 꽉 차는 작은방이 있다. 누가 어느 방을 쓸지 정해야 했는데 가장 쉽게 결정할 수 있는 기준은 돈이었다. 이사에는 자본이 필요하고 우리는 셋이 모아 이 집에 왔기 때문에 각자 가져온 돈을 바탕으로 방을 배정하기로 했다. 그 전에 월세도 책정해야 했다. 윤과 나의 주도로 진행된 이사였기에 월세 분배도 우리가 했다.

처음에는 보증금을 가장 적게 낸 린에게 월세를 좀 더 받으려고 했다. 보증금이 낮아지면 월세가 올라가고, 더 많은 돈을 보증금으로 넣으면 월세가 저렴해지는 게 부동산 시장에서는 자연스러운 일이었으니까. 우리의 친분이나 우정과 상관없이 그렇게 하는 편이 좋다고 생각했다. 이런 계획을 엄마에게 말했을 때 엄마의 반응은 내 예상과 달랐다. 누구보다 계산이 정확하고 경제 감각이 뚜렷한 엄마였기에 칭찬을 받을 줄 알았는데, 엄마는 불같이 화를 냈다.

"그렇게 살면 안 돼.
너희가 언니인데 동생을 배려할 줄 알아야지.
동생이 벌면 얼마나 벌겠니."

듣고 보니 맞는 말이었다. 이해타산적으로 계산한 내가 순간 부끄러웠다. 함께 이사하겠냐고 꼬신 마당에 월세 부담을 주기도 미안했다. 하지만 혼자만의 생각으로 린에게 월세를 조금 받을 순 없었다. 윤의 동의가 필요했다. 윤과 린은 원래 알던 사이였지만 큰 유대감은 없었기에 내 얘기를 윤이 어떻게 받아들일지 확신이 들지 않았다. 그래도 한 번은 제안해 봐야겠다고 생각했고 윤을 만나 이 이야기를 꺼냈다.

린이 이사에 합류하지 않으면 우리는 각자 75만 원의 월세를 감당해야 했다. 이는 우리에게도 부담스러운 액수다. 아파트 관리비와 공과금을 생각하면 매달 100만 원씩 지출해야 할지도 몰랐다. 우리에게도 린이 필요했다. 셋이서 함께하면 린은 넓은 거실과 자신의 방을 저렴한 가격으로 이용하고, 우리는 월세 부담을 줄이며 아파트 생활을 할 수 있었다. 함께해야만 각자의 니즈를 완벽히 충족시킬 수 있었다. 윤은 내 예상보다 훨씬 더 마음이 넓은 친구였다. 굳이 설득할 필요도 없이 곧바로 내 얘기에 동의했다. 린의 월세는 40만 원으로 정했다.

가장 작은 방은 보증금과 월세를 가장 적게 내는 린의 방이 되었다. 이 결정에 아무도 반대하지 않았다. 나와 윤은 55만 원씩 부담하게 됐는데, 서울에서 월세 40만 원, 55만 원짜리 집을 구하려면 그 평수나 컨디션이 어떤지 우리는 잘 알았다. 이제 남은 두 개의 방만 남았는데, 거실이 크니 방이 조금 작아도 아주 쾌적하게 살 수 있으리라 생각했다. 어느 방을 사용해도 괜찮을 것 같았다. 남은 방은 윤과 내가 상의해서 배정하기로 했다.

나는 중간 방이 처음부터 마음에 들었다. 그 방은 애매한 크기였지만 그건 나에게 중요치 않았다. 창밖으로 보이는 나뭇잎이 아주 예뻤고 그 이유 하나만으로 나는 그 방을 쓸 수 있었다. 단 마음에 걸리는 건 그 방이 북향이라는 점이었다. 풍수지리에 진심인 나는 머리를 어느 방향으로 두고 잘지를 한 달 내내 고민하는 사람이다. 내가 한창 갈팡질팡하고 있을 때 윤이 말했다.

"안방은 네가 쓰는 게 나을 것 같아.
넌 짐이 너무 많잖아. 장비도 많고."

맞는 말이었다. 인간적으로 짐이 너무 많았다. 나는 집에서 일을 많이 한다. 집에서 회사 일을 하거나 유튜브 영상을 편집할 땐 큰 책상 위에 컴퓨터와 모니터를 올려두고 일해야 했다. 취미인 사진 촬영을 위해 마련한 카메라 장비도 한두 개가 아니었고, 작년에 새로 마련한 매트리스도 퀸사이즈였다. 중간 방에는 1,600센티미터짜리 책상과 퀸사이즈의 매트를 함께 넣을 수가 없었다. 반려견 김구름도 있었다. 강아지 물컵과 패드를 항상 깔아 둘 공간도 추가로 필요했다. 결국 맥시멀리스트에 자식까지 딸린 내가 가장 큰 방을 차지했다. 단, 안방에 딸린 붙박이장은 셋이서 공유하는 조건으로.

살다 보니 이보다 적절한 방 배정이 없다. 우리가 방을 정하며 간과한 건 생활 패턴이었는데, 다행히 각자의 방이 서로에게 딱 맞다. 우리는 하루를 시작하고 끝내는 타이밍이 완전히 다르다. 윤은 오전 9시까지 출근, 린은 오후 4시쯤 출근, 나는 출근 시간이 매번 다르다. 제일 늦게까지 잠을 자는 린이 가장 안쪽에 있는 작은방을 쓴다. 아침형 인간인 윤의 방은 현관 바로 앞에 있어 윤이 출근할 때 나머지 사람은 계속 숙면을 취할 수 있다. 만약 잠귀 밝은 내가 그 방을 썼다면 아침마다 괴로웠을 것이다.

이렇게 우리의 월세 분배와 방 배정은 생각보다 평화롭게 끝났다. 어느 정도 머리가 크고 난 후라 가능했던 것 같다. 이제는 작은 것을 탐내다 큰 것을 잃지 않으려면 무엇이 더 중요한지를 잘 안다. 동생에게 15만 원을 더 받아내는 것보다 우리가 함께 사는 게 더 가치 있다는 것을, 큰

방을 오롯이 혼자 쓰는 것보다 필요할 땐 나눠야 한다는 것을, 같이 살기 위해서는 모두가 노력해야 한다는 것을 너무나 잘 안다. 셋이 모였기에 지금의 생활을 할 수 있음을 알고 감사해한다. 상대를 배려하려는 작은 태도 하나에서 우리의 평화는 시작됐고 또 유지된다.

우리 각자 잘하는 걸 하자

| 공동 생활 수칙 정하기 |

한 달이 지나 윤이 합류하면서 우리의 공동체가 완성됐다. 곧바로 단체 카톡방을 개설했다. 새집에서 좋은 기운만 얻어 잘되기를 기원하는 마음으로 카톡방의 이름은 '2024년부터 대박 날 멋진 여자들이 사는 집'으로 정했다. 함께 산 가구가 집을 채우고, 새로 만든 생활비 카드가 도착할 때쯤 우리는 거실 책상에 모여 가족회의를 열었다. 타인과 동거하면서 가장 부딪히기 쉬운 문제가 집안일이기 때문에 '집안일 분배'가 첫 번째 회의의 주된 안건이었다. 빨래, 청소기 돌리기, 바닥 닦기, 화장실과 세면대 청소, 주방 관리 등 해야 하는 일을 어떻게 정해 돌아가면서 할지를 먼저 논의했다.

한때는 공평하게 일하는 것이 미덕이라 생각했다. 모두가 N분의 1을 정확히 해야 그 집단이 잘 돌아간다고 믿었다. 공동 작업은 대학에서 하는 팀플레이처럼 역할을 모두 나눌 수 있고 각자 맡은 일을 충실히 이행해야 '옳다고' 주장했다. 참 허무맹랑한 이야기다. 몇 년 동안 여럿이 한 팀으로 일을 해보고 나서 모두가 다 똑같이 일할 수는 없다는 사실을 뼈저리게 느꼈다. 그게 가능하다고 해도 너무나 비효율적이다. A라는 업무를 훨씬 더 잘하고 그 업무에 숙달한 사람이 있다면, 그 사람이 A를 전담하는 게 맞다. 그걸 굳이 칼같이 나눠서 하다가는 모두가 스트레스 지옥에 빠진다. 그냥 상대를 믿고 맡기면 마음이 훨씬 편해진다. 집안일도 마찬가지다.

가족과의 일상을 생각하면 도움이 된다. 부모님과 함께 지내며 엄마가 일주일에 몇 번 설거지했는지, 아빠가 청소기를 얼마나 돌렸는지, 동생이 이번 주에 빨래를 갰는지 그 횟수를 정확히 아는 사람은 많지 않을 것이다. 하나하나 정해두고 지키면서 사는 편이 좋은 사람들끼리는 그렇게 해도 좋겠지만, 나는 일상에 너무 많은 규칙을 두고 싶지 않다. 지금까지 자취하며 여러 규칙을 정하고 살았던 때도 있다. 청소를 예로 들면 횟수와 청결도 기준을 정하고 돌아가며 청소하는 식이었는데, 정한 기준이 많을수록 더 예민해졌다. 살다 보면 바빠서 규칙을 못 지킬 수도 있지만 그걸 이해하고 넘어가기보다는 "그럼 다음 주에 네가 한 번 더 해!"라고 반응하게 됐다. 그래서 나는 일상에서의 상벌제를 좋아하지 않는다.

우리는 동거 동아리에 가입한 동기가 아니라, 함께 인생을 살아내는 사이이다. 밖에서 힘들게 일하고 집으로 돌아와 각자 자기 방에 박혀만 있더라도 긴장을 풀고 편안한 시간을 보낼 수 있어야 한다. 소질이 없는 일을 붙잡고 괴로워하기보다는 적성에 맞는 사람에게 그 일을 맡기고, 나는 내가 잘하는 분야를 맡으면 일상이 평화로워진다. 단, 이 평화에는 조건이 하나 있다. 다른 사람이 전적으로 맡은 일이라면 마음에 들지 않더라도 사사건건 토를 달지 않고 그 사람이 전담할 수 있도록 해야 한다. 우리는 이 전제를 토대로 각자 잘하는 일을 맡기로 했다. 한 시간 남짓의 회의 끝에 우리의 공동생활 수칙이 완성됐다.

공동생활 수칙

- 외박하면 사전에 이야기한다.
- 개인 방의 청결에는 관여하지 않되 공용 공간은 깨끗하게 유지한다.
- 음식물 쓰레기는 린, 분리수거 및 일반 쓰레기 배출은 윤과 은하가 맡는다.
- 개인 빨래는 알아서 돌리고, 수건은 따로 모아 시간 되는 사람이 세탁기를 돌린다.
- 매달 마지막 주 월요일은 '가정의 날'로 제정해 다 함께 식사한다.
- 구름이의 산책은 은하와 린이 도맡고, 귀가가 늦어지면 윤에게 부탁할 수 있다.
- 갑작스러운 결혼 등의 이슈로 공동생활을 유지하지 못할 경우, 각종 위약금(워시타워, 인터넷, 에어컨 등)은 유책 인물이 낸다.

1. 외박하면 사전에 이야기한다.

외박이 잦은 후배와 함께 살았던 때가 있다. 보통 야근하거나 약속이 있어 밤 9시나 10시가 돼서 집에 들어오는 동생이었다. 하지만 가끔은 새벽 1시가 넘어서도 연락이 닿질 않았는데, 새벽까지 일하다 늦게 잠드는 내가 그제야 메시지를 보내봤자 그 늦은 시각에 답이 올 리 없었다. 그럼 나는 밤새 걱정하다 잠들기 일쑤였다. 그 후로 룸메이트를 들인 뒤 각자 원하는 것을 이야기할 때마다 나는 이 조항을 반드시 얘기한다.

같은 집에 살면서 각자의 스케줄을 공유하는 건 어느 정도 의무라고 생각한다. 우리가 고시텔 옆방에 살듯 서로 모르는 채로 공간만 나누는 사이가 아니기 때문이다. 요즘은 어떻게 지내는지, 여행을 떠난다면 1박인지 당일치기인지, 본가에 들르면 언제 집으로 돌아오는지 등 일정을 세세히 공유한다. 혹시나 누구 하나가 야심한 시각까지 들어오지 않아도 두 다리 뻗고 잘 수 있도록.

2. 개인 방의 청결에는 관여하지 않되
공용 공간은 깨끗하게 유지한다.

원룸에 둘이서 살면 개인 공간이 없으니 무조건 모든 공간을 청결하게 유지해야 한다. 하지만 투룸이거나 분리된 각자만의 방이 있을 때는 경우가 다르다. 우리 집은 방이 세 개여서 각자 자신만의 공간을 하나씩 가졌고, 그 방에 대해서는 서로 어떠한 것도 터치하지 않는다. 다 마신 커피 컵을 책상에 가득 둬도, 개지 않은 옷더미가 방바닥에 가득해도 가만히 둔다. 자신의 방은 자기 맘대로 할 수 있다. 셋이서 함께 쓰는 공간만 깨끗한 상태로 유지하면 된다.

거실, 주방, 욕실과 테라스가 우리가 함께 쓰는 공간이다. 이 공간을 청결히 유지하려면 다음과 같은 습관을 들여야 한다. 식사 후에 테이블 닦기, 화장실 이용하고 변기 확인하기, 세면대 씻기, 설거지할 때 배수구까지 같이 청소하기, 가스레인지는 요리 직후에 닦아주기 등이다. 거실과 테라스는 남는 시간에 수시로 청소기를 돌린다. 처음엔 귀찮아도 타인과 살다 보면 눈치가 보여 안 할 수 없는 일이다. 이것만 지켜도 가정의 평화가 반은 간다.

3. 음식물 쓰레기는 린, 분리수거 및 일반 쓰레기 배출은 윤과 은하가 맡는다.

모두가 공평하게 일할 필요는 없다. 각자 잘하는 일을 도맡으면 된다. 후배들과 함께 꾸린 유튜브 팀을 운영하며 얻은 소중한 교훈 중 하나다. 33.3퍼센트씩 똑같이 일하려다 보면 반드시 탈이 난다. 심지어 효율적이지도 않다. 업무마다 더 잘하는 사람이 있기 마련인데, 굳이 다 같이 할 필요가 없다. 모든 분야에 전문가가 있는 데는 다 이유가 있다.

집안일도 마찬가지다. 우리는 각자의 적성과 생활 패턴을 고려해 집안일을 분배했다. 저녁 시간대에 더 자주 집에 머무는 윤과 내가 일주일에 한 번씩 해야 하는 분리수거를 맡았다. 분리수거는 저녁 시간대에 주로 배출하는데 린은 그 시각에 한창 일하고 있기 때문이다. 사실 윤과 나는 비위가 약해 음식물 쓰레기를 견디기 어려워한다는 점도 집안일 분배에 영향을 미쳤다.

이 밖에도 수시로 청소기를 돌리는 건 윤과 나의 담당, 화장실 배수구 스티커를 제거하는 건 린의 담당이다. 주기적으로 해야 하는 일은 명확히 정해놓는 편이 좋다.

4. 개인 빨래는 알아서 돌리고, 수건은 따로 모아 시간 되는 사람이 세탁기를 돌린다.

이전 집에서는 각자 쓴 수건까지 개인적으로 빨아 수건만 개서 샤워실에 채워 놓으며 살았다. 세 명이 모두 적당한 시점에 빨래한다면 다행이지만 모두가 바쁜 때도 많았다. 그러면 샤워를 마치고 쓸 수건이 하나도 없는 난감한 상황이 펼쳐지기도 했다. 이런 일을 미리 방지하기 위해 우리는 수건은 따로 빼서 세탁하기로 했다.

순서나 주기는 정해두지 않았다. 그렇게 오랜 시간과 수고를 들이지 않아도 빨래는 돌릴 수 있으니 시간 되는 사람이 세탁을 해두기로 했다. "세탁기 돌리고 나가니까 이따 퇴근하면 건조기 좀 돌려주세용"같은 문자를 남기면 다음 사람이 건조하고, 남은 한 사람이 집에 돌아와 빨래를 갠다. 놀라울 정도로 착착 맞아 떨어지는 호흡 덕분인지 지금까지 수건이 부족한 일은 단 한 번도 없었다.

5. 매달 마지막 주 월요일은 '가정의 날'로 제정해
다 함께 식사한다.

한집에서 함께 살며 끼니를 함께하는 사람을 식구라고 부른다. 그만큼 식사는 우리나라에서 가족이라는 개념에 매우 큰 영향을 미친다. 세 명이 함께 살아도 각자의 생활 패턴은 다 다르다. 윤은 9시에 출근해 6시에 퇴근하지만, 린은 오후 4시에 출근해 자정쯤 집에 돌아온다. 세 명이 한데 모이기 힘들어서 정신없이 일상을 보내다 보면 한 달이 그냥 지나가기도 한다. 그럼 서로가 어떻게 지내는지도 모른채 살게 되는데, 이런 일을 방지하고자 우리는 가정의 날을 제정했다.

매달 마지막 주 월요일 저녁에는 무조건 시간을 비우고 함께 저녁 식사를 한다. 셋 다 시간이 많거나 연차를 낼수 있다면 가까운 외곽 도시로 드라이브를 간다. 반려견 김구름까지 완전체로 온갖 곳을 쏘다닌다. 파주에 가서 임진각 산책을 한 뒤 부대찌개를 먹거나, 춘천 감자빵 맛집에들러 빵을 사고 닭갈비를 먹는다. 도란도란 사는 얘기를 하고 가벼운 농담을 주고받으며 시간을 보낸다. 그냥 별 뜻은 없다. 우리는 '식구'니까, 시간을 내어 같이 밥을 먹는 것뿐이다.

6. 구름이의 산책은 은하와 린이 도맡고,
귀가가 늦어지면 윤에게 부탁할 수 있다.

나의 반려견 김구름은 린과 자취를 시작한 때에 파주에서 데려와 그때부터 린과 내가 책임져 왔다. 이듬해 현지라는 룸메이트와 셋이서 살기 시작하고는 다 함께 구름이를 키웠다. 그러다가 평생 개라곤 키워본 적 없는 윤이 우리와 함께 살게 됐으니 괜한 부담을 주지 않기 위해 이 조항을 못 박아 뒀다.

윤에게는 구름이에 대한 어떠한 의무도 없다. 하루에 한 번씩 구름이와 반드시 산책하거나 때맞춰 구름이의 밥을 챙길 필요가 없다. 린과 나는 '구름 머니'라고 강아지를 위한 돈을 매달 모으는데, 여기서도 윤은 자유롭다. 모든 책임은 주 양육자인 나와 린이 지고, 윤은 자신이 원하는 것만 구름이와 함께하면 된다. 예를 들면 강아지 배 만지기, 귀여워하기, 끌어안고 낮잠 자기 등이 있겠다.

하지만 윤은 이미 구름이와 사랑에 빠졌다. "김구름 없이 어떻게 살았는지 모르겠다"라고 고백하고, 따로 부탁 하지 않아도 한가한 오후에는 구름이와 놀이터를 거닐다 들어온다. 친구들과 간 여행지에서 강아지 옷을 사 오거나 영양제를 구매해 먹인다. 마음에서 우러나 진심으로 구름 이를 대하는 윤을 볼 때마다 우리는 이렇게 가족이 되어가 고 있다고 느낀다.

7. 갑작스러운 결혼 등의 이슈로 공동생활을 유지하지 못할 경우, 각종 위약금(워시타워, 인터넷, 에 어컨 등)은 유책 인물이 낸다.

아파트 매물이 풀옵션인 경우는 거의 없어 텅 빈 집에 입 주했으니 그만큼 채워 넣어야 하는 가전도 한두 개가 아니 었다. 하지만 우리는 월세살이였고, 다음 집도 함께 구해(이 왕이면 매수해) 이사할 계획이었다. 만약 우리가 자가 마련에 성공한다면 그때 가서 마음에 쏙 드는 새 가전으로 마련하 고 싶었다. 그래서 작은 냉장고 하나만 구매하고 워시타워 와 에어컨은 구독 서비스를 이용하고 있다.

가전을 구독하면 계약 기간이 꽤 길다. 우리도 5년간 사용하는 조건으로 가전 구독을 했다. 아무 변화 없이 함께 끝까지 산다면 문제가 없겠지만 사람 일은 모르지 않는가. 만에 하나라도 예외는 고려해야만 했다. 윤과 나는 진지한 목소리로 계약 파기에 관한 이야기를 나눴다. 혹시나 둘 중 하나가 미쳐 돌아 결혼한다거나, 서로에게 질려 더 이상 함께 살 수 없다고 판단한다면 이미 계약을 끝낸 가전들은 어찌할지 논의했다. 그 결과 유책 인물이 모든 위약금을 지불하고 떠나는 것으로 결론이 났다.

"정신적 피해 보상금도 요구할 수 있게끔 하자."
"좋아, 갑자기 한 명이 빠지면 수습할 일이 많아질 테니까."

아무리 생각해도 가능성이 현저히 낮아 보이는 결혼 이야기에 깔깔 웃으며 우리는 정신적 피해 보상금 이야기를 나눴다. 유쾌한 대화였다. 동시에 우리가 이 공동생활에 얼마나 진지한 태도로 임하는지도 알 수 있었다. 결혼에 큰 결심이 필요하듯 비혼도 마찬가지다. 결혼하지 않고 잘 먹고 잘 사는 중년의 모습을 주변에서 자주 보기 어렵다. 그만큼 막막하고 때로는 두려운 마음이 든다. 그럴수록 단단한 마음으로 서로를 대하는데, 그럴 때면 서울에 있는 아파트 매수도 머지않은 일 같다.

더할 것도, 뺄 것도 없이
지금 이 상태로 완전하다

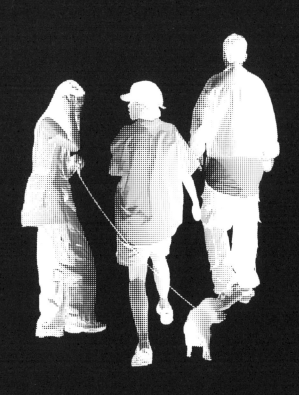

3

서로의 일상이
좋은 자극이 되어

나는 수다쟁이다. 가까운 사람 앞에서는 말이 참 많다. 요즘 어떤 생각을 하면서 사는지, 최대 관심사는 무엇인지, 쫑알거리며 마시는 커피 한잔을 좋아한다. 동시에 침묵할 수 있는 친구가 좋다. 평소에 나는 친구들과 약속을 미리 잡지 않는 대신 갑자기 만나 시간을 보내는 편이다. 바깥 동네에 나가는 것도 선호하지 않아서 보통 집이나 작업실에서 만나 각자 할 일을 한다. 그러다 눈이 마주치고 둘다 딴짓하고 싶다는 것을 느끼면 노트북을 닫고 이야기를 나눈다. 따로 또 같이. 어떤 목적 없이 만날 수 있는 친구를 자주 만난다. 일할 때도 오롯이 혼자 있을 때보다 누군가와 함께 앉아 일할 때 능률이 오른다.

혼자 하는 여행도 즐기지 않는다. 몇 년 전 제주도에 혼자 머문 적이 있는데, 정말 심심해서 미치는 줄 알았다. 서울에서는 혼밥도 잘하고, 혼술도 거뜬히 해내는 나인데 여행지에서 혼자 멀뚱히 있으려니 너무 재미가 없었다. 나는 맛있는 음식을 먹으면 왜 맛있는지 이야기하고 싶고, 맛없을 땐 누군가와 같이 인상을 찌푸리고 싶어 하는 사람이다. 북적거리는 모임이 싫어도 혼자보단 둘이 좋다. 굳이 수다를 떨지 않아도 괜찮다. 푸른 바다 앞에 돗자리 하나 깔고 앉아 가만히 풍경을 바라볼 때도 옆자리에 사람이 있었으면 한다. 내가 보고 느끼는 순간과 감정을 공유하고, 상대의 것도 알고 싶다. 이런 내가 혼자 사는 건 이상하겠다는 생각이 가끔 든다.

함께 살아서 좋은 점은 아주 많지만 그중 하나를 꼽자면 취미나 여가생활을 같이 할 수 있다는 점이다. 주말이면 엄마, 아빠, 동생과 외식하거나 할머니 댁에 함께 놀러 갔던 것처럼 우리는 주말에 시간이 맞으면 다 같이 논다. 운동도 함께한다. 우리 집은 오래된 아파트지만 나름의 커뮤니티 시설은 갖췄는데, 작은 경로당과 아주 조촐한 체력 단련실이 있다. 최신 기구가 가득한 좋은 헬스장과는 비교할 수 없지만 나처럼 운동을 잘 모르는 사람에게는 나쁘지 않은 시설이다. 러닝머신 세 대, 아령 여러 개와 팔운동을 할 수 있는 기구가 갖춰져 있다. 무산소 운동에 흥미가 없는 윤을 제외하고 린과 나는 종종 지하로 내려가 쇠질을 한다.

평소에 아무 관심도 없던 분야를 찍먹할 수 있다는 것도 장점이다. 우리 집 여자들은 관심사가 다 다르다. 나는 미식에 관심이 많다. 잘 먹기 위해 살고, 한입을 먹더라도 제대로 먹고 싶어 한다. 아침에 눈을 뜨면 늦어도 1시간 이내에는 무언가를 먹어줘야 한다. 아침을 챙기지 않는 윤과 린은 이런 나 때문에 종종 아침을 챙겨 먹게 됐다. 가고 싶은 맛집을 체크만 하고 방문하지 않던 내가 이제는 룸메이트들과 함께 맛집 도장을 깬다. 윤과 린은 가만히 있어도 식당은 내가 어련히 알아서 고르니 좋다고 말한다. 한 달에 한 번 있는 가정의 날마다 분위기 좋은 레스토랑부터 무너질 것 같은 노포까지 온 동네를 쏘다닌다. 세 명이라 먹고 싶은 메뉴를 여러 개 시켜 맛볼 수 있어서 좋다.

필라테스 강사 자격증이 있는 윤은 우리만의 필라테스 선생님이다. 윤이 재택근무를 하는 날 내가 운 좋게 일찍 일어난다면 그날이 바로 수업 날이다. 거실에 요가 매트 두 장을 깔아 두고 몸을 푼다. 혼자서는 귀찮아서 스트레칭 도 안 하지만 동거인이 부지런하면 나도 괜히 몸을 일으키 게 된다. 수업이 끝나고 고양이 자세로 몸을 축 늘어뜨려 누워 있다 보면, 언제 왔는지도 모르게 조용히 찾아온 구름 이가 내 옆구리에서 같이 몸을 늘린다. 윤과 함께 살지 않 았다면 구름이와 나는 그때까지도 깨어나지 못한 채 누워 있거나 겨우 눈을 떠 휴대폰이나 만지고 있었을 것이다. 지 난달에는 내가 하는 스쿼시에 관심을 보이던 윤이 원데이 체험권을 구매해 같이 스쿼시를 하고 왔다. 한 시간 수업에 혈색이 모두 사라진 윤이 다시는 안 가겠다고 말하긴 했지 만 새로운 경험은 좋은 자극이 된다는 사실은 윤도 부정하 지 못한다.

일요일에는 윤과 함께 반려견 구름이를 데리고 밖으 로 나간다. 단지 내 놀이터를 한 바퀴 돌면서 구름이의 배 변 활동을 먼저 처리한 다음, 집 앞에 있는 중국집이나 한 식집까지 걸어가 점심을 먹는다. 식사를 마치고부터 본격 적인 일정이 시작된다. 리드줄을 단단하게 잡고 강아지를 앞장세워 동네 구석구석을 쏘다닌다. 유명한 빵집에 들르거나, 말도 안 되게 저렴한 가격으로 채소를 파는 곳에서 장을 보기도 한다. 정말 맛없는 커피를 팔던 카페에 두 번째 기회를 줘보거나 애견 동반이 가능한 아이스크림 가게에 셋(나, 윤, 구름)이 앉아 시간을 때우기도 한다. 나는 이걸 선데이 루틴이라고 부른다. 일주일에 한두 번은 다 같이 한강 공원에 가서 4킬로미터 가까이 걷고 헉헉대며 집으로 돌아온다.

　러닝을 약속한 계절이 왔다. 유난히 더웠던 올해 여름이 이제야 끝나고 선선한 바람이 불어온다. 높아진 하늘만큼 구름이의 체력도 덩달아 올라가 1시간을 걸어도 지치지 않는다. 항상 걷던 산책로에서 이제는 일주일에 두 번씩 뛰어볼 예정이다. 채소나 달걀을 간단히 삶거나 볶아 아침을 해결하기 위해 귀여운 도시락도 세 개 샀다. 방탈출에는 흥미가 없어 단 한 번도 해보지 않았지만, 윤이 좋은 곳을 발견했다길래 거기도 흔쾌히 따라가기로 했다. 확실히 우리는 같이 살고 나서 더 잘 먹고, 더 많이 움직인다. 그리고 앞으로 더 많은 것을 약속할 것이다. 모르던 분야를 상대 덕분에 같이 공부하고, 싫어할 것 같아 먹지 않던 음식에 빠지거나 한 번도 해보지 않은 운동 종목을 취미로 삼

게 될지도 모른다. 그러면서 우리의 세상은 조금씩 더 넓어
질 것이다. 어떤 변화든 기꺼이 받아들일 준비가 됐다.

넓어진 집에는
더 많은 취향이 담긴다

나이를 먹을수록 나의 세계가 넓어지면서도 좁아지는 느낌이다. 가본 동네가 많아지고, 아는 사람이 늘어나고, 다른 사람을 더 이해하게 되고… 내가 조금은 더 큰 사람으로 변하며 내 세상도 확장되는 것 같지만 사실 그렇지 않다. 만나던 사람만 만나고, 카페에 가서도 마시던 메뉴만 고집하고, 한 번 간 여행지를 두세 번 더 찾는 나를 볼 때면 나의 세계가 더욱 확고하게 단단해진다고 생각한다. 내가 어른이 되어가고 있음을 느낄 때는 보통 이런 순간이었다. 오랜 시간 시행착오를 겪으며 찾은 나의 취향으로 일상을 채울 때 말이다.

20대에는 나를 참 모르고 지냈다. 스스로와 가깝지 않은 상태로 살았다고 해야 할까. 왜 그런 사람들 있지 않나. 이름과 얼굴을 알고 종종 만나 괜찮은 식당이나 카페에서 시간을 보내고 헤어지지만, 오늘 그 사람이 정말 즐거웠을지 확신은 서지 않는 사람. 뭘 좋아하는지 도통 모르겠고, 그냥 뭐 꽤 괜찮았겠거니 짐작만 하게 되는 사람. 나는 나와 딱 그 정도의 사이로 살았다. 내가 뭘 좋아하는지, 어떻게 놀아야 즐거운지, 선호하는 여행 스타일부터 스트레스를 푸는 방법까지 아는 게 없었다. 20대 후반이 되고부터 그제야 나를 알아가기 시작했다.

약 10년 전 유럽 여행을 떠났을 땐 내가 뭘 좋아하는지 전혀 몰라 친구가 루트를 거의 짰다. (나는 이 여행을 '자아가 없을 때' 떠난 여행이라고 표현한다) 어디에 가든 상관없었고 친구가 좋으면 나도 좋았다. 그 후로 국내 여행을 자주 다니며 알게 된 내 취향은 정반대였다. 나는 이곳저곳을 방문하기보다 한 동네에 진득하게 박혀 그 동네 주민처럼 여행하기를 좋아하는 사람이었다. 식도락이 가장 중요해서 한 끼를 먹어도 제대로 먹기를 원했다. 몰랐던 사실이다. 이를 깨닫자 그전까지 귀찮고 힘들게만 여겼던 여행을 좋아하게 됐다. 나를 재밌게 하는 방법을 깨달은 셈이다.

나를 알아갈수록 사는 재미도 생겼다. 아침에 일어나 조용히 운동하고 구름이와 함께 집 앞의 카페에서 라떼 한 잔을 마신 뒤 느긋하게 오후를 보내거나, 어느 시골집을 일주일 빌려 끝내주는 점심을 먹고 새소리밖에 나지 않는 동네를 한 바퀴 산책할 때는 인생이 완벽하다는 착각을 했다. 누군가에게 마음에 쏙 드는 선물을 받은 기분이었다. 친구에게 주는 선물을 고르듯 성심성의껏 나에게 잘해줄 고민을 하니 일상이 놀랍도록 충만해졌다. 계속해서 바뀌는 취향이나 생각을 뒤쫓는 것도 재미있었다. 스물다섯과 스물아홉이 다르고 서른은 또 다르다. 지금까지 알게 된 나는 이렇다.

김은하는 솔직하고 당당하다. 가끔은 너무 솔직해서 오해를 사지만 거짓된 모습을 버리고 있는 그대로를 전달하려는 태도는 언젠가 통한다고 믿는다. 겉핥기로 사람을 대하지 않아서인지 비교적 깊은 대인관계를 유지하고 주변에 사람이 많다. 가장 큰 취미는 필름 사진 찍기. 소소하게는 식물 키우기, 음악 듣기, 독서, 김구름 배 만지기가 있다. 작년 겨울에는 큰마음을 먹고 비싼 헤드폰을 샀다. 여행을 떠나면 최소 3박은 해야 하고, 꼭 여행지 주변 소품 가게에 들러 작고 쓸데없지만 귀여운 물건을 구경한다. 나무로 만든 인테리어 용품을 좋아해서 사방이 나무색인 매장도 차렸다.

술과 시를 사랑하는 낭만주의자이기도 하다. 시는 타고난 사람이 쓸 수 있는 장르라고 믿어서 시인을 존경하는 마음을 한편에 품고 시집 코너를 서성인다. 멋모르던 스무 살에는 소주파였지만 최근에는 위스키파로 이적. 피트한 것보다는 부드러운 버번 쪽을 선호한다. 와인이라면 레드만 고집하고 화이트는 오로지 포트 와인만 마시지만, 취향은 바뀐다는 사실을 인정하고 언젠가 화이트 와인에 입문할 날을 기다린다. 커피 없이는 못 사는 커피 애호가인데, 너티하고 고소한 아메리카노만 마시다가 약 2년 전부터 산미 있는 커피를 더 찾는다. 최근에는 드립 커피의 맛을 알게 되어 찍먹하고 있다.

좋아하는 게 많아지면 보통 사고 싶은 물건도 많아진다. 하지만 마음에 든다고 모두 살 수는 없다. 예산의 문제도 있지만 더 아쉬운 순간은 공간의 한계에 부딪힐 때였다. 돈이 없으면 미련 없이 뒤돌면 되는데 돈이 있는데도 못 사면 그렇게 통탄할 수가 없었다. 둘이서 함께 방을 쓸 때 는 이미 물건으로 가득 차 있었다. 조금만 부피가 있는 물 건은 들일 수 없었다. 원룸과 투룸에 살 때는 소품 가게에 서, 주류매장에서, 가구점에서 입맛만 다시며 집으로 돌아 가곤 했다. 그래서 좋아하는 물건을 구경할 때면 최대한 작 디작은 것들을 골라 샀다.

책 사는 걸 좋아하는데도(잘 읽지는 못한다) 역시 많이 살 수가 없었다. 집 안에 책을 둘 곳이 없었기 때문이다. 내 방에는 수험서를 비롯해 취향 따라 구매한 책이 이미 많았 다. 커다란 책장을 둘 공간이 없으니 쌓여가는 책은 옷장 안에 처박히기 일쑤였다. 그 책들을 바라볼 때면 이게 무슨 의미가 있나 싶어 눈물을 머금고 중고 사이트에 팔고, 친 구들에게 나눠줬다. 이사하면서 가장 많이 처분한 짐도 아 마 책일 것이다. 도서전에 가면 눈이 돌아가 책을 양손 가 득 사고 싶지만 아쉬움을 뒤로하고 집으로 돌아간 때도 많 았다. 충분한 공간을 소유하지 못한 자취생은 그 많은 책을 살 자격이 없었다.

넓어진 집에는 더 많은 취향이 담긴다. 집이 커졌으니 이제는 책을 좀 사도 괜찮다. 아직 성에 찰 만큼 큰 책장을 둘 수는 없지만, 거실에 책만 두는 장을 별도로 마련했다. 이제 서점에 가면서 '마음 다잡고 지갑 꽉 닫자'라고 되뇌지 않아도 괜찮다. 화분도 마찬가지다. 나는 '올리'라고 이름 붙인 올리브 나무를 키울 때 식물에 왜 '반려'를 붙이는지 이해했다. 애지중지 기르던 화초가 죽었을 때의 그 상실감이란. 올리가 죽은 후로는 작업실에서 화분 딱 하나만 키웠는데, 새집에는 열 개 넘는 화분을 베란다에 뒀다. 그 모든 화분이 충분히 해를 맞을 수 있는 환경이라 1년 가까이 잘 키우고 있다. 나의 마음 안정에 큰 도움이 된다.

더 다양한 향신료를 갖출 수 있다는 점도 나에게 큰 행복이다. 부엌다운 부엌이 생기고 주방의 붙박이장이 커지면서 내가 만드는 음식의 풍미도 더욱 깊어졌다. 여러 종류의 간장을 용도에 맞춰 사용할 수 있다니, 감격스러울 정도다. (나는 음식에 누구보다 진심이다) 음식에 따라 어울리는 접시가 다른데 식기를 많이 보관할 수 있게 되니 플레이팅하는 재미도 상당하다. 지금까지 몰랐고 알고 싶지 않았던 (둘 곳이 없을 땐 차라리 모르는 편이 낫다) 타국의 향신료를 하나씩 사고 있다. 사면 맛봐야 하고, 맛보려면 요리해야 하니 집밥을 먹는 횟수도 많아진다. 일종의 선순환이라고 생각한다.

본가를 떠난 후 11년 만에 생긴 내 방에 제일 처음으로 마련한 공간도 나의 취미를 위한 카메라 보관장이다. 그간 옷장에 박아 뒀던 필름 카메라 여러 개와 각종 보조 장비를 작은 장에 열 맞춰 정리했다. 덕분에 더 자주 출사를 나가고 모든 카메라가 시야에 들어오니 언제든 기분에 맞춰 카메라를 바꿔 든다. 어디에 있는지 옷장 깊은 곳을 찾는 수고는 더 이상 하지 않아도 된다. 몇 달 전에는 아직 남은 카메라 보관장의 모퉁이 공간을 떠올리며 몇 년 만에 새로운 카메라를 샀다. 카메라마다 어떤 특징을 가졌는지 이제야 알아가고 있다. 첫 번째 필름 카메라를 구매하고 10년이나 흘렀는데 말이다.

결국 넓어진 집은 나의 식견을 높여준다. 다양한 책을 읽고, 세계 각국의 향신료를 맛본다. 카메라마다 다르게 인화되는 것을 보면서 어떤 필름이 나와 가장 잘 맞는지 고민한다. 이사한 뒤로 넷플릭스를 뒤적이는 시간이 많이 줄었다. 생산성도 높아졌다. 침대만이 유일한 휴식 공간이었던 과거가 전생처럼 느껴진다. 이제는 거실 책상 앞에서, 소파에서, 내 방 한편에 마련한 스트레칭 매트 위에서 시간을 많이 보낸다. 방 안과 거실, 주방 빼곡하게 들어찬 나의 취향에 파묻혀 산다. 더 이상 집에 있는 시간이 답답하게 느껴지지 않는다. 집에서 거의 모든 걸 할 수 있다. 밖에서 하루 대부분을 보내지 않아도 된다. 놀라운 변화다.

앞으로 나는 집의 크기를 더 넓혀갈 생각이다. 아마 그 집에는 더 많은 취미와 깊은 취향이 담길 것이다. 경험해 보지 못했던 일들을 겪게 될 테고, 나는 그 과정에서 더욱 성숙해지리라 믿는다. 아무래도 나는 넓은 공간이 허락하는 취미의 맛에 빠진 듯하다. 위스키와 와인을 수집하기 시작했다. 마셔서 먹어 치우기 바빴던 세월을 뒤로하고 이제 한 병씩 모아보려고 한다. 언젠가 더 넓은 집에 간다면 큰 술장을 반드시 둘 테다. 자가라면 아예 새로이 장을 짜서 넣고 싶다. 좋은 스피커(는 보통 크다)도 거실에 갖춰 쨍쨍한 사운드로 음악을 듣는 상상도 한다. 이 모든 게 내 삶에 새로운 원동력이 됐다. 앞으로도 아주 성실하게, 나의 취향을 파악하고 온전히 즐기면서 살고 싶다.

하나도 둘도 아닌
우린 셋이라네

우리는 왜 셋이서 살까. 1인 가구가 800만에 육박하는 시대에 왜 혼자도 둘도 아닌 셋이서 부대끼며 살까. 지금부터는 그 이야기를 해보겠다.

누군가 내게 꿈이 뭐냐고 물으면 항상 하는 대답이 있다. 내 꿈은 반려견 김구름의 임종을 지키는 것이다. 구름이가 이 세상에서 마지막 숨을 내뱉었다 거두는 순간에 그 옆에 있고 싶다. 내가 열심히 사는 이유다. 현재 김구름의 나이는 8세. 지금까지 산 만큼 앞으로 더 산다고 가정하면 8년이 남았다. 내 나이가 마흔을 앞둔 시점이고, 보통은 사회인으로서 치열하게 일하는 때다. 그때 시간이 많아야 구름이의 임종을 지킬 수 있다. 내가 거둔 생명을 끝까지 '잘' 보살피고 싶다. 그러니까 나는 김구름을 너무 사랑해서 혼자 살지 않는다.

강아지를 하루에 4시간 이상 혼자 두지 않겠다는 나의 철칙을 지키려면 셋 정도는 같이 살아야 한다. 강아지는 외로움을 타는 동물이다. 성견 기준으로 하루에 4시간에서 6시간 정도 혼자 있을 수 있다고 한다. 18시간에서 20시간은 누군가와 함께 있으면 좋다는 말인데, 사회인에게는 불가능에 가까운 일이다. 하루의 대부분을 일하다 보면 10시간은 우습게 흘러간다. 혼자 산다면 그 시간 내내 강아지는 홀로 남겨진다. 하지만 셋이서 살면 강아지는 혼자 있는 시간이 많이 줄어든다. 특히 우리는 생활 패턴이 다 달라서 구름이가 혼자 있는 시간이 거의 없다.

윤이 출근하는 아침 시간에는 린이 집에 있다. 린이 오후 3~4시쯤 출근 준비를 할 때면 내가 집으로 돌아오는 경우가 많고, 내가 없다고 해도 6시 넘어 윤이 퇴근한다. 그런 날엔 구름이가 두세 시간쯤 혼자 있어야 한다. 하지만 나는 매일 출근하지 않고, 일하는 시간도 항상 달라 구름이는 보통 24시간 내내 사람과 함께 시간을 보낸다. 가끔 휴식이 필요할 때 훌쩍 국내 여행을 떠날 수 있는 것도 모두 룸메이트가 둘씩이나 있는 덕분이다. 강아지를 들였다면 외롭지 않게 해줘야 하는 의무가 있다. 그래서 나는 구름이가 죽기 전까지는 혼자 살 계획이 없다.

여럿이 살면 사람도 덜 외롭다. 같이 밥을 먹거나 재미있는 OTT 콘텐츠를 시청하는 것도 일상의 소소한 즐거움이다. 우울하거나 컨디션이 안 좋은 날에는 이야기를 들어줄 또래 친구가 집에 둘이나 있다. 혼자 술을 마시더라도 앞에 앉혀 둘 사람이 있다. 위로가 필요한 상황에 최고의 해결책이다. 일을 마치고 집에 돌아갔을 때 누군가 있다는 사실만으로 덜 힘든 기분이 든다. 짜증 나는 사건이 생겼을 때 두 명의 리액션 봇을 앉혀 두고 한참을 욕하다 보면 어느새 그저 깔깔거리고 있는 나를 발견할 수 있다.

그렇다고 매번 셋이 함께 있는 것도 아니다. 3인 가구가 된 지도 벌써 8년 차다. 심지어 처음에는 투룸에 셋이 살았으니, 너무 부대끼며 사는 건 힘들지 않을까 걱정했다. 막상 살아보니 실상은 아주 달랐다. 생각보다 셋 다 집에 있는 시간이 많지 않다. 우리는 사회생활이 한창인 30대고, 살면서 꾸린 자기만의 사회가 따로 있다. 야근하는 날도, 각자 약속이 있는 날도 다 다르다. 각자의 일상을 충실하게 살다 보면 막상 우리는 셋이 붙어 있을 시간이 거의 없다. 보통 둘 혹은 혼자 있는 시간이 많다. '따로 또 같이'. 이 말이 제격이다.

또 빼놓을 수 없는 장점은 비용 절감이다. 혼자 사는 것과 비교하면 경제적인 이점이 꽤 많다. 혼자 살 땐 저렴해도 용량이 부담스러워 구매하기 꺼려졌던 대용량, 묶음 상품을 구매할 수 있다. 배달 음식도 셋이서 주문하면 언제나 최소 주문 금액은 넘기기 때문에 큰 부담이 없고, 음식 남길 걱정도 없다. 전기세와 공과금도 무조건 3분의 1이라 매달 숨만 쉬어도 나가는 거주 비용이 제법 줄어든다. 워시타워나 에어컨처럼 구독하거나 구매할 엄두가 나지 않는 가전도 비교적 저렴하게 이용할 수 있다. 장을 볼 때도 마찬가지다. 양배추 한 통, 토마토 한 박스를 고민 없이 구매한다. (상하기 전에 다 먹는다) 세 명이 함께 돈을 모아 생활하면서 삶의 질이 전반적으로 높아졌다.

덕분에 식사의 질도 굉장히 좋아졌다. 장바구니 물가가 오르면서 해 먹는 것보다 사 먹는 게 더 저렴하다고 느낄 때가 많은데, 입이 세 개나 되니 요리해 먹는 게 훨씬 싸다. 양질의 채소나 육류를 사서 요리하면 외식보다 훨씬 저렴하게 건강한 한 끼를 먹을 수 있다. 카레나 미역국을 한 솥 해놔도 이틀이면 다 먹어 재료를 버릴 일도 없다. 짜고 자극적인 바깥 음식보다 집밥을 먹는 날이 많아지면서 혈색도 좋아지고 몸도 가벼워졌다. 물론 바삭한 치킨이나 매콤한 야식을 포기할 순 없지만, 이왕이면 몸에 좋은 음식을 해 먹으려고 노력하게 됐다.

중년 이후의 삶을 생각해도 동거인은 있는 편이 좋다. 사람이라면 누구나 늙는다. 노인이 되면 몸 이곳저곳 성한 데가 없다. 천천히 병세가 나타나 지병이 생길 가능성도 있지만 가장 무서운 건 갑작스러운 사고다. 운동 능력이 떨어지는 나이가 되었을 때 화장실에서 미끄러지는 사고가 났다거나, 갑작스러운 빈혈로 쓰러지고 허리를 삐끗해 움직일 수 없다면 그야말로 난감하다. 곧바로 신고할 수 있다면 좋겠지만 그러지 못할 가능성이 있고, 실제로 유사한 사고가 종종 발생한다. 이때 동거인이 있다면 후속 조치를 좀 더 빠르게 취할 수 있다. 서로에게 안전한 울타리가 되어주는 셈이다.

어쩌면 이 모든 걸 혼자 하며 사는 게 더 좋을지도 모른다. 혼자서 양껏 장을 보고, 널찍한 집에서 혼자 좋은 술을 마시고, 심심할 때만 친구들을 불러서 노는 삶. 살아보진 않았지만 대충 상상해도 안 좋을 이유가 없다. 그러나 나는 그냥 평범한 30대 여성이고, 아직 그런 여유를 꿈꾸기엔 멀었다. 넓은 집에 살고 싶고, 건조기도 포기 못 하고, 건강에 좋은 한 끼를 먹고 싶은 나에게는 이런 동거가 딱 맞다. 혼자서는 어렵지만 셋이라면 이 모든 게 가능해진다. 비슷한 돈으로 더 나은 환경을 구축하고 싶은 사람들에게 추천한다. 하나도, 둘도 아닌 셋의 라이프를!

놀면 뭐 하니

'그래, 당연히 아파트에 살면 좋지. 운 좋게 좋은 친구를 만나 같이 살자고 작당할 수도 있지. 그런데 돈은? 보증금이 최소 1억이라는데 1억이 뉘 집 강아지 이름도 아니고. 1억을 어떻게 모아? 대충 삼등분해도 3,000만 원씩인데, 사회 초년생이 3,000만 원 모으기가 쉽나.' 내가 독자라면 나 같아도 이런 생각이 스멀스멀 들 것만 같다. 그래서 이번에는 돈 이야기를 해보려고 한다. 더 나은 환경으로 도약하기 위해 나는 어떻게 돈을 벌고 모았는지, 돈에 대한 나의 태도는 어떤지 허심탄회하게 적어보겠다.

나는 외로운 돈무새였다. 지난 5년간 끊임없이 돈 이

야기를 했다. 그것도 혼잣말로. 그냥 일하다 보면 의문이 들지 않는가. '죽기 전까지 이렇게 쳇바퀴 돌 듯 살다가 가는 건가' 하는 생각 말이다. 도대체 부모님은 어떻게 몇십 년 동안 회사에 다녔을까 하는 경외심이나, 죽어라 일하며 돈을 모아도 오르는 집값을 따라잡지 못하리라는 좌절감. 이 세상을 살아가는 청년들이 한 번쯤은 느껴봤을 감정이다. 언제 집 사냐며 시무룩했다가 다시 할 수 있다고 마음 다잡기를 수백 번. 친구들과 같이 이런 얘기를 하고 싶었으나 돈에 관심 있는 친구가 생각보다 없었다. 집값이 연일 고공 행진하며 수도권 아파트는 친구들 사이에서 오르지 못할 나무 취급을 받았다.

한때는 부자가 '너무' 되고 싶었다. 하루라도 일찍, 한 시라도 빨리, 가능하면 큰 부자 말이다. 원룸에서 둘이, 투룸에서 셋이 지내는 게 좋으면서도 가끔은 너무 답답했다. 멋지게 성공해서 같이 사는 친구들을 데리고 좋은 집으로 이사하고 싶었다. 그래서 나는 자가에 집착했다. 내 집이 갖고 싶었다. 코로나가 창궐하던 시기에는 너도나도 집을 샀다. 친구들 몇몇도 부모님의 도움을 받아 집을 마련했다. 여기저기서 말하길 집값은 오늘이 제일 싸다고 했다. 가파

르게 오르는 집값을 절망스러운 마음으로 지켜보며 열심히 일했다. 그런다고 내가 집을 턱 하니 살 재력이 생길까? 그럴 리가 없다. 나는 빠르게 현실을 깨닫고 당장 할 수 있는 일을 찾아봤다.

목돈을 모으기 위해 해야 하는 일 몇 가지 중 하나는 지출 줄이기다. 당연한 말이다. 버는 돈은 유한한데 생기는 족족 다 써버리면 남는 돈은 없다. 건물주처럼 자본 소득이 있다면 모르겠지만, 노동으로 돈을 벌어 생활하는 평범한 사람이라면 저축을 위해 지출을 반드시 줄여야 한다. 특히 지금까지 모은 돈이 거의 없는 수준이라면, 이 단계부터 아주 착실히 밟으면 좋다. 허리띠를 졸라매고 버티는 기간이 필요하다. 돈은 눈덩이 같아서 몸집이 커질수록 더 빠르게 불어나기 때문에 콩알만 한 시드가 오렌지가 될 때까지 인고의 시간을 보내야 한다.

하지만 지출을 줄이는 데엔 한계가 있었다. 서울에 사는 자취생이니 더욱 그랬다. 나는 이미 거주 비용을 최소화하려고 셋이서 살고 있었다. 덕분에 매달 월세로 20만 원, 공과금까지 합쳐 30만 원 밑으로 지출했다. 집 떠나와 산다는 이유로 써야 하는 돈은 그뿐만이 아니었다. 인터넷 요금, 정수기 구독료… 숨만 쉬어도 나가는 돈이 꽤 많았다. 취업준비생이었기 때문에 대단한 음식을 사 먹지도 못했고, 컵밥이나 학식으로 때우기 일쑤였다. 가계부를 톺아봐도 더 이상 줄일 지출이 없었다. 짬을 내서 할 수 있는 아르바이트를 찾아 두 개 이상의 아르바이트를 했다. 이 기간에는 목돈을 모으기보다는 생활비를 마련할 명목으로 일했지만, 필요한 곳에만 지출하는 습관을 길렀다고 생각한다.

2019년 여름, 드디어 취업했다. 매달 일정한 돈이 통장에 꽂혔다. 하지만 그 적디적고 소중한 월급으로는 더 나은 미래를 도모하기 어려워 보였다. 학생일 때보다 씀씀이가 조금 늘었으나 또 그렇게 대단한 지출은 없었다. 수입을 늘려야겠다는 생각이 들었다. 2018년 1월부터 취업 전까지 나는 TV 예능 프로그램의 가자막을 텍스트로 정리하는 일을 프리랜서로 하고 있었다. 원래 상암동에 있는 방송국까지 출퇴근하며 작업했는데 2019년 초에 도쿄로 한달살이를 떠나면서 재택근무로 전환한 참이었다. 정규 프로그램은 하나였고, 나머지는 시즌제로 일감이 있다가도 없어지곤 했다. 일단 이 일을 보험 삼아서 가지고 있어야겠다고 마음먹었다. 월급 이외의 부수입원 하나를 확보한 것이다.

그 일을 여전히 그만두지 않은 채 7년 차가 되었다. 6년 차를 맞이한 본업보다 더 경력이 길다. 한때는 입소문이 났는지 모르는 번호로 전화가 오면 열에 아홉은 그 방송사의 조연출일 정도로 이곳저곳에서 연락이 왔다. 방송 프로그램 제작 여건상 일정이 매우 촉박한데 나는 단 한 번도 늦지 않았다. 작업일이 주말이어도 내 개인 일정 때문에 펑크 낸 적이 없다. 끈기 있게 일하니 나만의 기준도 생겨서 이제 새 프로그램이 들어와도 전부 작업하지 않는다. 아예 방송 프로그램 제작 관련한 사업자를 내서 용역 계약을 맺는다. 한창 과로하던 2022년에는 한 주에 5개의 프로그램을 소화했지만, 몸과 마음의 건강을 위해 지금은 일을 많이 줄인 상태다. 이 일로 큰돈은 못 벌지만, 소소한 용돈벌이로 생각하고 꾸준히 하고 있다.

위의 두 가지 일로 2,500만 원을 모아 나는 2020년 하반기에 친구들과 함께 칵테일바를 차렸다. 취업 전까지 아르바이트로 모은 돈에, 취업 후 1년 동안 두 군데서 받은 월급을 아껴 만든 전 재산이었다. 창업 후 통장에 남은 돈이 10만 원쯤이었으니, 정말이지 모든 걸 다 부어서 만들어낸 가게다. 개업 초기에는 장사가 미친 듯이 잘됐고, 코로나 직격타에 파리만 날리던 때도 있었다. 내일 망해도 이상하지 않다고 느껴지는 날에는 폐업이 두려워 벌벌 떨기도 했다. 지금은 그저 공간이 잘 유지되기를 바라며 힘쓰고 있다. 낮에는 회사에서 편집기를 두드리고 밤이 되면 바 앞에 서서 칵테일을 만든다. 자영업은 경기를 많이 타서 어떤 때는 용돈 정도 벌고, 또 어떤 때는 제법 수입이 생기기도 하고, 또 한동안 마이너스일 때도 있다. 그래도 괜찮다(적자만 아니라면 좋긴 하겠다). 돈이 되지 않아도 좋다고 생각하는 이유는 여럿 있지만 그중 핵심은 딱 하나다. 부업은 내가 하나의 업계(보통 본업)에 과몰입하지 않도록 도와준다.

회사생활을 하다 보면 과한 스트레스에 시달릴 때가 있다. 일이 틀어지는 경우도 많다. 회사에서는 누구나 자신의 몫을 하고 그만큼의 책임을 지기 때문에, 뭔가 잘못되면 모든 게 내 탓처럼 느껴질 수 있다. 이미 그른 일이라면 사과하고 훌훌 털고 재발하지 않도록 조심하면 되는데 그게 쉽지는 않다. 그럴 때 부업은 큰 도움이 된다. 회사에서는 내 온몸을 짓누를 만큼 큰일이었는데 부업을 위해 칵테일바나 카페에 출근하면 아무것도 아닌 일이 된다. 두 개의 세상에 사는 기분이 들면서, 그 큰일이 사실 별것 아닐 수 있다는 안도감이 밀려온다. 그럼 마음이 차분히 가라앉고 침착해지면서 회사에 돌아가서도 재빠르게 평소처럼 업무에 복귀할 수 있다. 내가 현실 감각을 유지하고 일과 삶의 균형을 맞추며 살아가는 방법이다.

마음이 안정돼야 돈이 모인다. 일을 아무리 많이 해도 스트레스가 극심하면 돈이 쉽게 모이지 않는다. 집에 당장 먹을 수 있는 밥이 있고, 냉장고에 반찬이 가득해도 화가 나거나 짜증 나는 일이 있을 땐 괜히 배달 음식을 주문한다. 그런 날엔 꼭 1인분만 시키지도 않는다. 먹고 싶은 것을 죄다 시켜 놓고 다 먹지도 않은 채 식사를 끝낸다. 업무 스트레스가 극에 달할 때 나의 패턴도 비슷했다. 평소 먹지도 않는 아이스크림이나 밀크티를 주문해 냉동실에 처박아 두곤 했다. 하지만 일은 일일 뿐이고 나라는 사람의 삶과는 어느 정도 분리해야 내가 행복하다는 사실을 깨닫고부터는 그러는 일이 없다. 이제는 한 달의 지출액이 크게 들쑥날쑥하지 않고 비슷한 수준으로 유지되고 있다. 다만 반려견이 아프거나 운동을 등록하는 등 갑자기 큰 지출을 해야 할 경우도 있으니 비상금을 조금씩 따로 모은다.

지금까지 언급한 일 외에도 나는 유튜브 채널('김은하와 허휘수')과 블로그를 운영하며 콘텐츠를 제작한다. 유튜브는 투룸으로 이사할 때 제작하기로 마음먹었던 시트콤을 계기로 시작했다. 처음 몇 년간은 수익이 창출되지 않는 어둠의 기간이 있었고, 7년 차인 지금은 수익 창출 조건을 달성한 상태다. 이것 역시 매우 들쑥날쑥한 수입원이라 큰 욕심 내지 않고 친구와 사이좋게 활동하는 것을 최우선 목표로 삼고 있다. 모든 직장인이 가슴에 사직서를, 머릿속에 로또 당첨을 품고 살듯이 유튜버로서 떡상할 그날을 기다리면서 말이다. 일단 재미있게 즐기면서 하자는 게 요즘 나와 친구의 모토다.

꾸준함은 돈이 된다. 열 명이 같은 일을 마음먹었다면, 행동하는 사람은 절반도 채 되지 않을 것이다. 그 다섯 중에 1년, 2년⋯ 꾸준히 주기적으로 하는 사람은 한두 명에 불과할 것이다. 그러니 자기 적성에 맞는 분야를 찾아 무언가 계속하면 언젠가 빛을 볼 가능성이 훨씬 커지지 않을까. 아무것도 안 하는 것보다는 나을 것이다.

이 책을 읽는 모든 분에게 나는 부업을 강력하게 추천한다. 하나의 일로 먹고사는 시대는 저물고 있다. 지금 당장 다른 일을 하지 않더라도, 정년이 끝나면 제2의 직업을 찾아봐야 할 가능성이 크다. 젊을 때부터 다양한 일을 경험해 본다면 먼 미래에도 도움이 될 것이다. 이미 부업을 하는 청년층도 점점 늘고 있다. 〈2022년 1인 가구 보고서〉에 따르면 20대 비중이 가장 높은 1인 가구의 무려 42퍼센트가 N잡 중이라고 답했다. 하나의 일만 하기도 벅찬데 다른 일을 벌였다가 너무 피곤하지는 않을지, 두 개 혹은 그 이상의 일을 잘 해낼 수 있을지 수많은 걱정거리가 떠오를지도 모른다. 만약 그렇다면 관두면 그만이다. N잡이 하나의 트렌드가 된 시대에 한 번쯤 걱정 없이 파도에 올라타 보면 어떨까. 생각보다 잔잔할지도 모른다.

갈수록 불황이라고 하지만 체감상 우리나라는 언제나 불황이었다. 저성장시대에 당연한 일일지도 모른다. 그런데도 나는 이 시대가 돈 벌기 좋은 시대라고 말하고 싶다. 정확히는 돈을 벌 방법이 많은 시대다. 심지어 투자금이 필요하지 않은 일도 많다. (시간과 노력을 투자해야겠지만) 블로그를 잘 키워 체험단으로 생활비를 절약하거나, 인스타그램

숏폼으로 광고비를 벌고, 전자책 출간이나 디자인 외주 등 길은 많다. 주말에 짬을 내어 카페에서 일할 수도 있다. 나는 주변 친구들에게도 남는 시간에 다른 아르바이트를 해보라고 추천한다. 한 달에 30만 원이라도 부수입을 올리면 가계에 큰 도움이 되기 때문이다. 월세나 전세 대출 이자, 학자금 대출금처럼 매달 나가는 돈에 보태면 저축액도 그만큼 늘어난다. 만약 남는 시간이 있다면 한 번쯤 시도해보면 좋겠다.

나의 N잡 원동력은 게으름이다. 이렇게 많은 일을 하는 데 거창한 이유는 없다. 가끔 친구들이나 사람들이 나에게 시간 관리를 어떻게 하는지, 그렇게 일하는 이유가 뭔지, 힘들지 않은지 질문한다. 의외일 수도 있겠지만 시간 관리에는 젬병이다. 나는 나를 잘 안다. 나는 상당히 게으른 사람이라 일하지 않으면 누워서 아무것도 하지 않는다. 유튜브를 보고 SNS를 구경하느라 하루 대부분을 쓸지도 모른다. 나도 갓생 사는 사람들처럼 남는 시간에 책을 읽고 공부도 하면 좋으련만 그런 재목은 아니다. 그저 '황금 같은 시간을 허무하게 쓸 바엔 나가서 한 푼이라도 더 버는 게 낫지' 정도의 가벼운 생각이 계기였다. 과로하지 않으려고 의식하며 살다 보니 요즘은 번아웃도 거의 오지 않는다. 일하는 시간을 제외하고는 누구보다 열정적으로 아무것도 하지 않고 시간을 죽인다. 맛있는 음식을 먹고, 여행을 가고, 강아지와 산책한다.

"돈 없다고 하지 말아라, 돈이 듣는다", "푼돈이라고 무시하지 말아라, 돈이 도망간다." 어렸을 때부터 엄마에게 이 말을 많이 들으며 자랐다. 여러 금융, 경제 도서 저자들도 돈을 존중하라고 말한다. 학창 시절에는 이게 도대체 무슨 말인지조차 이해하기 어려웠지만 이제는 나도 안다. 돈을 존중하고 아끼는 태도를 기반으로 열심히 하루를 보낸다. 주어진 일에 책임감을 느끼고 착실히 해낸다. 부자가 되길 원하고 돈을 많이 벌면 좋겠다고 생각하지만, 돈에 영혼을 팔지는 않는다. 돈을 좇지도 않는다. 꾸준히, 지속하는 힘. 이게 내가 가진 최고의 장점이다. 천재도 아니고 그저 행동력 하나 있는 평범한 사람인 나는 시작한 일을 끝까지 할 뿐이다. 묵묵한 태도로 살아가면 돈은 따라온다고 믿는다.

여전히 내게는 자가가 없다. 아파트를 매매할 돈도 없

다. 집을 내돈내산 할 수 있다면 더할 나위 없이 좋겠지만, 아마 한동안은 힘들 것이다. 그 기간이 얼마나 걸릴지도 모르겠다. 하지만 지난 몇 년 동안 치열하게 여러 일을 하면서 내 삶의 토대를 일구기 위해 노력했고, 이번 이사로 어느 정도의 결실을 얻었다. 친구들과 힘을 합쳐 목돈을 마련했고 아파트에 입성했다. 이 작은 성공 경험과 이를 통해 얻은 기쁨을 오래도록 잊지 않을 것이다. 살(Live)아만 봐도 이렇게 좋은데, 살(Buy) 수 있는 날이 오면 얼마나 좋을지 상상하기 어렵다. 몇 년 전부터 나는 '상상만으로 눈물 나는 순간'으로 반려견 구름이가 죽는 날과 내 집 마련하는 날을 꼽았다. 그날이 올 때까지, 기쁨으로 가득한 눈물을 흘리는 때까지 이렇게 열심히 하루하루를 살고 싶다.

우린
안 맞지만 같이 산다

2024년 초, 내 유튜브 채널에 "여자 셋이 모이면 집이 커진다"라는 제목으로 영상을 올렸다. 이사 후에 느끼는 변화가 아주 커서 꼭 사람들과 공유하고 싶었고, 셋이서 자취하는 일이 흔하지 않으니 콘텐츠 내용으로도 경쟁력이 있다고 생각했다. 역시 하루가 다르게 조회 수가 늘어갔다. 조회 수가 20만을 넘기고 200개가 넘는 댓글이 달렸다. 나의 개인 채널 〈우나시〉의 전체 구독자 2만보다 무려 10배가 넘는 조회 수였다. 다음 카페 앱 인기 글에서 나를 봤다고 후배들이 연락하기도 했다. 정말 신기한 일이었다. 한동안 나는 유튜브 댓글 창을 새로고침 하며 추가되는 새 댓글을 보기 바빴다.

반응은 비슷비슷했다. "저렇게 잘 맞는 친구가 있는 것도 복이다"라는 반응이 가장 많은 공감을 받는 댓글이었고, "무던한 성격이 부럽다"라는 반응도 많았다. 긍정적인 댓글이 대부분이었지만 친구랑 같이 살려면 최악의 경우 절연을 각오해야 한다거나 가족 아닌 사람과 사는 건 보통 일이 아니라는 댓글도 종종 보였다. 사람들은 이렇게 친구와 평탄하게 살 수 있는 이유를 우리의 관계가 특별해서라고 생각하는 듯했다. 친구와 내가 너무 잘 맞기 때문에 공동생활을 영위할 수 있다는 얘기였다. 하지만 그 인과관계는 틀렸다. 나만 이렇게 생각하는 걸까? 갑자기 의문이 들어 한참 댓글을 보던 중에 나는 쪼르르 윤의 방까지 달려가 문을 열고 물었다.

"우리 안 맞지 않아?"

우리는 안 맞지만 같이 산다. 장단이 잘 맞아서 같이 사는 게 아니라, 같이 살기로 했으니 서로 맞춰갈 뿐이다. 윤과 나는 비슷한 점도 제법 있지만, 일상생활에서 많은 부분이 다르다. 윤은 아주 깔끔한 성격으로 먼지 한 톨조차 용납하지 않는 청결한 사람인데 나는 물건을 늘어놓고 생활하고 청결에는 무던한 구석이 있다. 나는 기상 후 30분 안에 아침 식사를 챙기지만, 윤은 아침을 대부분 거른다. 밥을 먹을 땐 한 끼를 먹더라도 제대로 먹는 나와는 달리 윤은 과자로 식사를 때울 때가 많다. 윤은 OTT 프로그램이나 음악 등을 항상 켜둬서 생활 소음이 있는 상태를 좋아하는데 나는 소음이 있으면 할 일을 잘 못한다. 우리는 이렇게나 다르다.

린도 마찬가지다. 룸메이트와 미주알고주알 수다 떠는 시간을 사랑하는 나와는 달리 린은 아주 과묵한 사람이다. 윤은 엉덩이가 가볍고 빠릿빠릿하게 움직이지만, 린은 마치 나무늘보처럼 모든 행동이 느리다. 나는 일 때문에 바깥에 자주 나가고, 윤은 친구들과의 만남을 종종 즐기는데 린은 오로지 주말에만 사람을 만난다. 우리 셋의 일상 루틴도 완전히 딴판이다. 윤은 매일 아침에, 린은 늦은 오후에, 나는 매일매일 다른 시각에 하루를 시작한다. 성향이 달라도 너무 달라서 우리는 어떤 사안에 관해 이야기를 나누면 의견이 세 가지로 갈릴 때가 많다. 어찌 보면 이렇게 다른 세 명이 모인 게 신기할 정도다.

그런 우리가 함께 사는 이유는 간단하다. 더 이상 좁아터진 집에 살기 싫기 때문이다. 커다란 창문이 있는 집에서 햇살을 맞으며 살고 싶기 때문이다. 잠을 자는 공간과 밥을 먹는 곳을 완벽히 분리할 수 있는, 건조대를 거실에 펴 두지 않아도 되는 집을 원하기 때문이다. 애석하게도 혼자서는 그런 집에 입주할 수 없으니 우리는 같이 산다. 함께여서 마련할 수 있던 집의 소중함을 알기에 안 맞는 부분을 맞춰간다. 함께하는 일상에서 오는 불편함이 지금 느끼는 안정감보다 적고, 예전으로 다시 돌아가고 싶지 않다면 조금 더 노력해야 한다는 사실을 안다. 적은 노력이 결국 큰 기쁨을 만들고, 우리의 생활에 평화를 선사한다. 그렇다면 안 맞는 친구와 잘 맞춰 살아가려면 어떻게 해야 할까. 지금까지 일곱 명의 룸메이트를 거치며 나는 세 가지 태도를 마음에 새기게 됐다.

우선 손해 보지 않으려는 태도를 버려야 한다. 가장 중요한 마음가짐이라고 생각한다. 만약 조금이라도 손해 보기 싫다면 공동생활은 시작하지 않는 것이 좋다. 한때는 나도 모든 것을 N분의 1로 나눠 딱 그만큼만 하려고 했었다. 집안일에 들이는 시간과 노력, 생필품을 사는 데 필요한 돈, 룸메이트에게 쓰이는 마음까지 상대와 똑같은 수준만 하고 싶었다. 하지만 그런 태도는 나만 더 예민하게 만들 뿐이었다. 내 속만 점점 좁아지고 타들어 갔다. 냉장고에 과일이 썩어가면 보자마자 버리면 되는데 과일 주인이 치울 때까지 기다리며 스트레스를 받았다. 똑같은 돈을 내고 마련한 생필품을 내가 잘 쓰지 않으면 괜히 아까운 마음도 들었다. '샴푸 짜는 횟수로도 싸운다더라' 하던 소문은 우스갯소리가 아니었다. 물론 그런 일로 싸우지는 않았지만.

지금의 나는 'N분의 1 마인드'를 버렸다. 오히려 룸메이트들에게는 손해 좀 봐도 괜찮다는 태도로 산다. 이제는 수건 빨래통에 빨랫감이 가득하면 보이는 족족 세탁기를 돌린다. 어째 연달아 나만 빨래를 돌리는 것 같아도 스트레스받지 않는다. 셋이서 야식을 먹거나 밖에서 디저트를 사 먹을 때 공용 카드가 아니라 개인 카드를 써도 아까운 마음이 전혀 들지 않는다. 장이 안 좋아 고생하는 린에게 유산균을 사 먹이고, 밖에서 사 온 간식을 공용 간식 창고에 넣는다. 내가 깜빡하고 못 한 설거지를 윤이나 린이 해줄 때도 많다. 서로 바쁘고 정신없는 시기가 언제인지 함께 살다 보면 뻔히 보이기 때문에, 그런 시기에는 집에 더 붙어 있는 사람이 집안일을 더 한다. 이렇게 살다 보니 고마운 일이 꼭 생기고 그 은혜를 갚고 싶다는 이유로 또 내가 먼저 나서게 된다. 그러다 보니 어느 순간부터는 손익 자체를 따지지 않게 됐다.

두 번째로 중요한 건 상대가 싫어하는 행동을 하지 않는 것이다. 무의식에 그런 행동을 했다면 빠르게 인정하고 사과하는 태도도 필요하다. 나는 종종 사용한 물건을 내 방에 두지 않고 공용 공간에 두는데 정리에 일가견이 있는 윤은 아마 나의 이런 점이 싫을 것이다. 부엌에 올려둔 가습기를 (내 눈에는 보이지도 않았던) 싸늘한 눈빛으로 쳐다보는 윤을 볼 때면 "앗, 정말 죄송합니다. 지금 당장 제 방으로 치워버리겠습니다" 하며 눈웃음을 날린다. 반대로 내가 싫어하는 일들도 명확히 표현해 주는 게 좋다. 나는 식사할 때 깔끔떠는 편이라 아이스크림 같은 디저트도 같이 퍼먹는 것을 좋아하지 않는다. 이사하고 얼마 지나지 않았을 때 이 사실을 윤에게도 말했다. "양은 적지만 그래도 덜어서 먹을까용" 하고. 룸메이트가 뭘 좋아하는지보다 뭘 싫어하는지를 잘 아는 게 공동생활에 도움이 된다.

서로가 다르다는 사실을 인정하는 것도 중요하다. 완벽히 들어맞는 타인은 세상에 없다고 생각하는 게 좋다. 좋은 친구와 좋은 동거인은 다르다. 애초에 크게 기대하지 않는 게 서로의 정신건강을 위하는 일이다. 10년을 연애한 끝에 결혼해도 헤어지지 않는가. 평생 다르게 살아 온 두 사람이 같은 집에 사는 순간부터 갑자기 손발이 척척 맞기는 불가능에 가깝다. 그래서 우리는 회의가 필요할 때마다 거실 책상에 둘러앉는다. 그 시간에 서로가 원하는 안건을 이야기한다. 지금까지는 "다 같이 식사한 지 오래됐으니 외식하자", "화장실 청소는 주 1회씩 번갈아서 하자", "린이 집에 있을 때 청소기 좀 돌려줬으면 좋겠다", "어떻게 하면 수입을 늘릴 것인가" 등의 안건으로 이야기를 나눴다. 이 또한 잘 안 맞는 우리가 서로에게 조금씩 맞춰가는 과정 중 하나다.

어느덧 우리 셋이서 살림을 합친 지도 1년이 되었다. 우리 집에 아직은 불화가 찾아오지 않았다. 자취를 시작하고 지금까지 여러 친구와 살아봤는데, 이렇게 쭉 무난하고 평탄한 적은 처음이다. 이 평화를 위해 윤과 린이 뒤에서 얼마나 많은 노력을 하고 있을지 짐작이 된다. 결점이 많은 나랑 같이 살아주는 윤과 린에게 언제나 감사하며 살고 있다. 그래도 지난 시간이 우리를 배신하지 않았는지 제법 잘 맞춰가는 중이다. 오이를 사랑하는 내가 김밥을 만들 때는 꼭 오이 없는 김밥도 싸고, 빵집에 갈 때마다 "저거 린이 좋아하는 치즈빵이다"라고 매번 말하는 윤처럼 각자의 방식으로 애정을 표현하면서 말이다. 우리는 앞으로도 안 맞는 퍼즐인 상태 그대로, 그 틈을 메우려 노력하며 살 것이다. 이 애정을 기반으로.

좋은 룸메이트의
조건

모든 부분이 완벽하게 들어맞는 룸메이트를 찾기란 어렵다. 좋은 친구가 좋은 동거인이 되리란 법도 없다. 밖에서 놀 때 죽이 척척 맞고 재미있게 시간을 보낼 수 있는 친구라도 같이 산다는 건 차원이 다른 문제기 때문이다. 죽도록 사랑해서 결혼했지만 헤어지는 부부도 부지기수인 걸 보면, 평생을 다르게 살아온 사람과의 동거가 보통 일이 아님을 다시 깨닫는다. 그럼 좋은 룸메이트는 어떻게 알아볼 수 있을까? 여러 척도가 있겠지만 내 경험상 그중 가장 중요하다고 생각하는 점을 꼽아 봤다.

첫째, 가치관이 비슷해야 한다. 연애나 결혼, 여성 인

권, 환경, 종교 등에 관한 생각이 크게 다르지 않으면 좋다. 방향과 정도가 아예 일치하지 않더라도 큰 틀은 유사해야 오래 함께할 수 있다. 제로 웨이스트를 실천하는 사람과 분리수거조차 제대로 하지 않는 사람이 함께 산다면 어떤 일이 일어날까? 인생에 연애는 필요하지 않다고 믿는 사람과 연애 없이는 못 사는 사람이 잘 살 수 있을까? 쉽지 않을 것이다. 가치관 차이를 극복하지 못하고 결국 사이가 나빠질 가능성이 크고 자연스레 공동생활도 거기서 끝날 것이다.

둘째, 경제력이나 씀씀이가 비슷한지도 따져 보면 좋다. 같이 살면 돈을 모아 함께 물건을 구매할 일이 많다. 시간이 맞을 때 함께 배달 음식을 먹거나 외식하기도 한다. 이때 서로 중요하게 여기는 게 다르면 갈등이 생길 소지가 있다. 돈 문제는 아주 예민하게 다뤄야 하기에 처음부터 확실히 정리하면 좋다. 생활비를 갹출한다면 한 달에 얼마까지 모을 수 있는지, 평소에 어느 카테고리에 가장 많이 지출하는지, 배달은 얼마나 자주 시켜 먹는지, 물건을 살 때 가성비를 따지는지 가심비를 따지는지, 최대한 세세한 이야기를 나눠 보기를 추천한다.

셋째, 청결하다고 생각하는 상태가 비슷하면 이 또한 공동생활에 큰 도움이 된다. 사람마다 깨끗하다고 느끼는 수준이 다 다르기 때문이다. 머리카락 한두 올 정도는 흐린 눈으로 넘어가는 사람이 있고, 먼지 한 톨도 용납하지 못하는 사람도 있다. 각자 특별히 더 깨끗해야 한다고 생각하는 공간이 있는지 공유하고, 그게 서로 다르다면 맞춰 줄 의향이 있는지도 확인해야 한다. 화장실 청결도에 무감각한 나는 비슷한 동생들과 살 때는 화장실을 크게 신경 쓰지 않고 살았지만, 윤과 함께 살고부터 청소 당번일 때마다 미친 듯이 화장실 청소를 한다. 상대에게 중요하다는 이유만으로 하는 행동에는 에너지가 수반되므로 서로를 위해 어디까지 할 수 있는지를 잊지 말고 꼭 확인하자.

넷째, 잘하는 집안일 분야가 하나라도 있는지, 있다면 무엇인지도 체크하면 좋다. 각자 잘하는 일이 있다면 서로 부족한 부분을 보완해 줄 수 있기 때문이다. 나도 룸메들과 서로의 약점을 채우며 지낸다. 나는 요리를 잘하지만, 설거지를 싫어한다. 윤은 요리를 못하는 대신 뒷정리를 끝내주게 잘하기에 우리는 꽤 잘 맞는 듀오로 살 수 있다. 비위가 약한 나와 윤과는 달리 우리 집 막내인 린은 온갖 더러운 것을 잘 치우기 때문에 린이 음식물쓰레기 처리를 맡는다. 벌레도 린이 다 잡는다. 이렇게 친구와 동거하기 전에 각자 잘하는 게 무엇이고 어떤 일을 도맡을지 합의하면 좋다.

다섯째, 방문객에 대한 마음가짐도 따져 보는 것을 추천한다. 하나의 공간을 함께 사용하는 사이가 될 테니 '집'을 어떤 의미로 받아들이는지 대화를 나누면 좋다. 친구들을 집에 불러 시간 보내기를 좋아하는 성향인지, 친구가 집에 놀러 와도 괜찮은지, 만약 둘 다 아니라면 집이 비어 있을 때 사람을 불러도 되는지 등 이야기할 주제는 많다. 나는 친구들과 밖에서 만나기보다 집에서 만나기를 선호하는 편이라 윤과 린에게도 이 이야기를 했었는데, 둘 다 친구를 빈집에 들이는 건 괜찮다는 입장이고, 때에 따라 서로의 친구를 소개받는 것도 좋다고 해서 종종 친구들을 불러 모아 다 함께 시간을 보내기도 한다. 하지만 윤과 린 모두 나보다는 훨씬 내향적인 사람들이라 최대한 배려하며 우리끼리 집에 머물 수 있도록 노력한다.

마지막으로 각자 기대하는 미래가 어떤지도 이야기를 나누면 좋을 것 같다. 공동생활을 하려는 기간이 1~2

년인지, 그 후로도 계속해서 함께할 생각인지 사전에 합의를 봐야 향후 인생 계획에 차질이 없다. 나는 20대 초중반과 후반에 원하던 룸메이트의 모습이 다 달랐다. 학생일 땐 1~2년간 함께 살 친구 위주로 구했다. 삶이 불확실해 어쩔 수 없었다. 언제 휴학하고 방을 뺄지, 직장을 어느 지역으로 구할지 아무것도 몰랐기 때문에 계약 기간만 확실히 채울 수 있는 사람을 원했다. 20대 후반이 되고 일상에 루틴이 생길 때쯤 좀 더 먼 미래를 바라볼 파트너를 찾게 됐다. 5년이고, 10년이고 함께 살며 멋진 중년이 될 룸메이트를 말이다.

위의 항목 중 크게 걸리는 부분이 없다면 조금은 마음 놓고 룸메이트로 맞이할 준비를 시작해도 된다. 하지만, 명심해야 할 하나의 사실. 살아보기 전까지는 아무것도 모른다는 것. 막상 살다 보면 크고 작은 갈등이 생길 수 있으니 너무 큰 기대는 삼가야 한다. 처음부터 완벽한 한 쌍은 없다. '우리는 서로에게 완벽한 룸메이트가 될 거야'라는 확신보다 '우리는 분명히 맞지 않을 것이다'라는 믿음을 가슴에 새기는 편이 낫다. 중요한 건 맞지 않는 상대와 맞춰가려는 의지다. 룸메이트가 싫어하는 행동을 하지 않으려는

마음이 평탄한 공동생활을 위해 첫 번째로 지녀야 하는 태
도다.

이게
결혼이랑 뭐가 달라

별다른 일 없던 일요일 아침. 오랜만에 대청소하기로 약속한 날이라 평소보다 일찍 일어나 청소기를 들었다. 부엌부터 소파 아래쪽까지 구석구석 청소했다. 집 안의 모든 창문을 열어 환기하고, 밀린 빨래를 했다. 침구는 조금씩 나눠 건조기에 넣고, 내가 가스레인지를 청소하는 동안 윤은 먼지떨이를 손에 쥐고 장식장 위를 끊임없이 털어댔다. 우리는 각자 맡은 일을 충실히 이행하며 평소처럼 대화했다. 다음 주에 로또 청약이 뜬다더라, 구름이 유산균을 좀 바꿔볼까, 내일 같이 저녁 먹을까, 하는 시시콜콜한 이야기였다. 그러다 별안간 내가 꺼낸 한 마디.

"아니, 이게 결혼이랑 뭐가 달라?"

윤은 크게 웃었다. 깔깔거리며 아주 오래. 그 웃음소리를 배경음악 삼아 나는 이야기를 이어갔다. "맞잖아. 들어봐. 우리가 서로를 연인으로서 사랑하지 않는다는 것 말고는 결혼이랑 거의 다를 바가 없어. 결혼 10년 차 정도 되면 다 우리처럼 살걸? 어차피 사랑의 끝은 우정이라잖아. 결혼생활에 필요한 의무를 상당수 제외하면 우리 같은 관계 아닐까? 그냥 결혼했다고 생각하고 살면 이 공동생활에 꽤 큰 도움이 되겠어." 그때까지도 윤은 계속 웃었지만 내 말에 동의했다. "듣고 보니 맞는 말이네" 하면서.

"냉장고는 한 칸씩 나눠서 쓰시나요?"

그 전날에는 위 내용의 댓글이 우리 집 여자들 사이에서 뜨거운 감자였다. "왜 친구랑 산다고 하면 모든 걸 '반반' 나눠 살아야 한다고 생각할까?", "결혼한다는 친구한테 '그럼 신랑이랑 냉장고 한 칸씩 써?'라고 말하는 사람은 많이 없잖아"라며 서로 열띠게 대화했다. 친구와의 동거를 결혼보다 겁내는 사람들이 많지만 그럴 필요가 없다. 오히려 결혼을 생각하는 사람에게도 공동생활 경험은 꽤 도움이 된다고 생각한다. 결혼 상대도 룸메이트처럼 나와 평생을 다르게 살아온 사람이다. 미리 살아보지 않으면 어떤 생활 습관을 지녔는지 하나하나 알기는 어렵다. 친구도 마찬가지다. 친구와 산다는 이유로 더 싸우거나 갈등이 폭발하지는 않는다. 그냥, 타인은 그게 누구든 쉽지 않은 존재다.

현재의 우리는 반반 결혼 후 맞벌이하며 생활하는 딩크족 신혼 부부에 가깝다. 요즘엔 혼인신고를 하지 않는 게 하나의 트렌드고, 각자 수입을 관리하는 부부도 많아지는 추세다. 우리는 거의 반반 돈을 모아서 집을 구했다. 가전과 가구를 들일 때도 N분의 1을 했다. 각자의 월급으로 알아서 생활하되, 공동생활에 들어가는 비용은 갹출해 모은다. 결혼과 다른 점이라면 서로를 성애적으로 사랑하지 않는다는 것, 서로의 부모에게 마땅히 해야 하는 도리가 없다는 것 정도가 아닐까. 인생의 파트너로서 공동의 행복을 추구한다는 핵심은 결혼과 같다고 생각한다.

이게 결혼과 뭐가 다르냐, 우스갯소리로 한 이야기지만 뱉어 놓고 보니 아주 그럴싸한 말이었다. 누구나 하자가 있다는 사실을 잊지 않고, 서로의 결점을 발견했을 때는 그저 '에휴, 저 인간' 하고 넘어가면 편하다. 물론 실제 부부와 우리 셋을 일직선상에 두고 비교하기에는 어려운 부분이 있다. 하지만 우리 셋의 일상을 보면 우리가 가족이 아니라고 말할 수도 없을 것이다. 우리는 결혼하지 않았고, 앞으로도 결혼하지 않겠지만 가족이자 서로의 보호자다. 세상은 지금도 변하고 있으니 피는 섞이지 않았지만 다양한 이유로 가족이 된, 다양한 형태의 가족은 점점 많아질 것이다. 여러 형태의 가족이 모두 가족으로 인정받는 날이 하루라도 빨리 오기를 바란다.

비혼, 그 후의 삶

| 나의 중년 로드맵 |

강릉에 다녀왔다. 나처럼 친구끼리 공동생활을 하는 예린과 민서, 윤과 나, 구름이까지 총 다섯이 떠난 여행이었다. 친구들은 낭죽한 고양이를 키우고 있어 집을 비울 수 없었기 때문에 우리는 야심차게 첫차를 타고 당일치기를 시도했다. 도착하자마자 장칼국수 한 그릇을 해치우고, 부른 배를 두드리며 드립커피를 마셨다. 카페의 창밖으로 보이는 산책로가 예뻐서 그 길로 밖에 나가 다 같이 걸었다. 쏟아지는 햇빛 아래 신나서 뛰어다니는 강아지와 대뜸 자기 근육을 자랑하는 친구의 개구쟁이 같은 웃음, 울창한 나무 사이로 불어오는 바람까지… 오랜만에 행복한 시간을 보냈다. 온종일 먹고 걷는 강행군이었지만 서울로 돌아와서도

내내 그 순간을 떠올릴 만큼 여운이 강한 여행이었다. 이미 가족처럼 느끼는 이 사람들과 10년이고, 20년이고 이렇게 놀고 싶다고 생각했다.

요즘 정말 좋다. 이런 게 삶이라면 좀 더 살아보고 싶다. 앞으로 모든 상황이 더 나아진다면 최대한 오래 살고도 싶다. 아파트로 이사한 후로는 인생이 더욱 만족스럽다. 넓은 집에서 사랑스러운 강아지를 옆구리에 끼고 든든한 친구들과 시간을 보낼 때마다 모든 게 완벽하지는 않아도 그 순간만큼은 내 삶이 완전해진 느낌이 든다. 커튼을 치지 않으면 아침에 눈이 부셔 잠에서 깨고, 베란다에는 키우는 화분이 줄줄이 놓여 있고, 큰 책상을 두고도 공간이 남아 뒹굴뒹굴할 수 있는 거실에서 책을 읽고, 관리인이 상주하는 단지에서 마음 놓고 밤 산책을 즐기는 일상. 나는 이런 생활을 최대한 오래 하고 싶다. 살아보니 알겠다. 내가 원하는 삶의 모습과 방향이 이렇다는 것을.

요즘 내 인스타그램 피드를 채운 친구들의 게시물은 크게 다섯 개의 유형으로 나뉜다. '결혼 준비 중, 신혼생활 중, 임신 중, 육아 중, 미혼'이다. 청년층 미혼율이 급증했다는 기사를 믿을 수 없을 만큼 주위에서는 많이들 결혼한다. 친구들의 말에 따르면 원하는 식장을 예약하려면 결혼하기 1년 전에는 웨딩홀 투어를 가야 한단다. 가끔은 인스타그램이 거대한 결혼생활 전시장처럼 느껴질 정도다. 그럴 때면 내가 결혼하지 않고 중년이 되면 어떨지 종종 생각한다. 그런 어른을 주위에서 볼 수 없어 나의 중년을 상상하기가 더 어렵다. 처음엔 그저 막막했으나 '오히려 좋다'라는 긍정적인 태도를 지니기로 했다. 그려지는 게 없으니 백지부터 시작해 보자는 마음이다. 나의 계획은 이렇다.

현재 나이 30대 초반. 남은 30대는 커리어의 허리라고 생각하고 치열하게 일할 것이다. 거주 환경이 안정된 후로는 번아웃도 거의 오지 않아서, 이변이 없다면 꾸준히 경력을 쌓을 수 있을 것 같다. 지금 다니는 회사도 만족스럽고 즐겁게 다니고 있으니 서른대여섯까지는 이곳에 몸담고, 30대 후반이 되면 이직할 만한 자리가 있는지 적극적으로 탐색할 계획이다. 동시에 경제관념을 다시 바로 세우고 싶다. 한동안 등한시했던 경제 도서도 다시 열심히 읽고, 저축 습관을 만들어 노후에 대비할 것이다. 혼자 벌어서 나 하나만 책임지면 되니 더 수월한 거 아닌가 생각할 수 있지만 내 생각은 다르다. 내 몸뚱이를 혼자서 지켜야 하니 미혼이거나 비혼인 사람들은 훨씬 열심히 돈을 모아야 한다.

마흔 전에는 작은 집 한 채라도 매수하고 싶다. 꼭 실거주용일 필요는 없다. 이왕이면 수도권이나 서울에 있는 집이었으면 좋겠지만 아마 혼자서는 어려울 가능성이 크다. 그래서 나는 윤과 함께 힘을 합칠 생각이다. 우리는 5년 안에 아파트를 매수하기로 했다. 상세히 계획도 세워 놨다. 분양가 8억, 10억, 12억. 경우의 수를 여러 개로 나눠 계산기를 두드린다. 5년간 각자 얼마를 모을 수 있는지 계산하고 주기적으로 이야기를 나눈다. 청약을 이용하지 않고 매수할 가능성도 배제하지 않는다. 전세를 끼고 매수할 경우를 가정해 우리가 서울에 집을 산다면 얼마나 필요할지에 대해 심각하게 토론한다. 물론 우리 대화의 상당수는 비현실적인 집값 앞에서 "복권 당첨 좀 안 되나?"로 끝나지만.

잠시 귀촌을 꿈꾸기도 했다. 코로나로 하늘길이 막힌 후로 나는 시간만 나면 국내 여행을 했는데, 여행객이 적은 시골 동네만 찾아다니면서 조용한 동네의 매력에 빠졌다. 어느 곳에 가도 아파트 가격을 찾아보는 게 나의 작은 취미라서 여행하면서도 시세가 궁금한 집이 있으면 찾아보는데, 그 값이 서울과 비교할 수 없을 만큼 싸다. 내 집 마련이 어려운 이유는 내가 서울살이를 고집하기 때문이다. 수도권을 내려놓으면 자가 마련은 어렵지 않다고 생각한다. 지금은 마음이 조금은 편해졌다. 최대한 노력했는데도 안 될 것 같다면 40대에는 살기 좋은 동네를 물색해 내려가도 괜찮을 듯하다. 물론 강력한 의지로 될 때까지 해보겠지만 말이다. 사람 일은 모르는 거니까!

나는 윤의 부모님까지 나의 파트너라고 생각하며 산다. 부모님께 지원받을 수 있다면 최대한 받아야 한다는 게 나의 모토다. 집안에 여유가 있다면 도움받지 않을 이유가 없다. 그래서 나는 윤에게 어머니가 얼마까지 도와주실 수 있는지 스스럼없이 질문한다. "이번에 본가 가면 구체적인 액수를 여쭤봐. 그래야 우리도 계획을 세울 수 있어"라고 내가 심각한 표정으로 이야기하면 윤도 사뭇 결연한 표정으로 "알겠다"라고 대답한다. 결혼할 결심보다 결혼하지 않기로 마음먹기가 더욱 어려운 세상에서 우리가 얼마나 진지하게 미래를 준비하는지 알 수 있는 대목이다. 우리는 5060에 여행하고 싶을 때 언제든 홀쩍 비행기에 오를 수 있는 할머니가 되기를 꿈꾼다.

　　인적 네트워크도 아주 중요하다고 생각하는데, 다행히 내 주변에는 좋은 동료가 많다. 그들은 대부분 비혼을 선언했거나, 결혼에 소극적이다. 사람 일은 알 수 없으니 개중 몇은 결혼할 테고, 그럼 몇이나 곁에 남을지 대충 계산해 봐도 인생이 심심해지지 않을 정도는 된다. 친구들이 모두 결혼한다면 출산 및 육아를 거치며 가정을 본격적으로 꾸리는 시기에는 친구들과 단절될 가능성이 크기 때문에 관심사와 가치관이 비슷한 동료를 만들어 두면 좋을 것이다. 비슷한 생각을 하는 친구가 주위에 전혀 없어 힘들어하는 사람도 자주 보는데, 만약 사람에 대한 갈증이 있다면 취미 모임이나 동호회 등을 통해 네트워킹하는 것을 추천한다.

　　가장 중요한 건 역시 건강 관리다. 건강하지 않다면 위에 적은 모든 것들은 아무런 소용이 없어진다. 한 번 심하게 앓고 나면 건강의 소중함을 다시금 깨닫는데 소 잃고 외양간 고치는 일이 없도록 열심히 건강을 관리할 것이다. 잘 먹고, 잘 자고, 운동하기. 세 가지는 기본으로 챙기면서 꾸준히 운동할 계획이다. 여러 운동을 시도하며 내가 유연성이 부족하고 혈액순환이 잘 안되는 체질이라는 사실을 깨달았다. 필라테스와 러닝, 스트레칭을 통해 나에게 필요한 것들을 잘 채워나가고 싶다. 만병의 근원인 스트레스도 잘 관리해야만 한다. '이 또한 다 흘러간다'라는 태도로 일상 속 스트레스를 줄이기 위해 노력하다 보면 누구보다 건강하고 알찬 비혼 생활을 즐길 수 있을 것 같다.

더 이상
행복을 유예하지 않기로 했다

나는 앞을 보고 달리는 사람이다. 장기 계획 세우는 것을 좋아해 중학교 때부터 30대까지의 계획을 끄적였다. 계획이 지켜지는지 아닌지는 크게 상관없고, 그냥 미래를 상상하며 그려보는 과정이 좋았다. 누구나 인생이라는 영화의 주인공으로 살며 1인칭 시점으로 세상을 보기 때문에 대단한 영광의 순간이 오리라고 믿는 게 그리 이상한 일은 아니다. 나 또한 그랬다. 멋진 사람이 되어 세상을 누비며 살지 않을까, 노력의 끝에는 행복이 있지 않을까 하는 기대감으로 하루하루를 살아왔다.

중학생일 땐 내가 손쉽게 '인 서울', 그것도 명문대에 입학하리라 믿었다. 막상 고등학생이 되니 명문대는커녕 서울 소재 대학에 진학하는 것도 쉽지 않은 일이었다. 현실적인 방향으로 목표를 수정했고, 서울에 입성하기까지 크고 작은 기쁨을 여러 번 뒤로 미뤘다. 어른들도 그렇게 말했다. 좋은 대학에 가면 하고 싶은 일을 다 할 수 있다고. 지금은 참고 견디라고. 좋아하는 사람이 생기고, 먹고 싶은 음식을 잔뜩 먹으며 원하는 일을 할 수 있는 그날까지. 그래서 참았다.

30대가 되면 '당연히' 내 집이 있을 줄 알았다. 휴학 없이 대학교를 칼같이 졸업하면 스물셋, 곧바로 취업해 30대 중반까지 10년 정도 돈을 모으면 아파트 한 채 정도는 살 수 있을 줄 알았다. (말도 안 되는 소리다) 좋은 회사에 정규직으로 취업해 내 명의의 집에서 출퇴근하는 30대의 삶. 그 장면을 위해 20대의 나는 또 기꺼이 참았다. 졸업 이후 공백을 줄이기 위해 곧바로 취업 전선에 뛰어들었다. 토익 학원에 등록하고 오픽 시험을 봤다. 낮에는 공부하고 밤엔 아르바이트하며 겨우 생계를 유지했지만, 나는 다 계획이 있었으니 괜찮았다.

그리고 아무것도 계획대로 되지 않았다. 스트레이트로 졸업하려던 계획이 우습게 나는 한 학기를 휴학했고 추가 학기까지 다녀야 했다. 졸업과 동시에 취업하지도 못했다. 졸업마저 몇 년을 유예하며 3년의 언론고시반 생활을 했고 스물일곱 여름에 그토록 바라던 PD가 되었으나 정규직은 아니었다. 나는 아파트에서 자차 끌고 나오는 30대 커리어우먼이 아니라 투룸에서 친구들과 함께 살며 부은 얼굴로 택시를 뻔질나게 잡아대는 여자가 되어 있었다. 모든 계획이 조금씩 밀리긴 했지만 즐거웠다. 열심히 살다 보면 원하는 삶을 살 것 같았으니까.

2019년에 일을 시작한 후로 언제나 쓰리잡을 했다. 일이 너무 좋았고 재미있었다. 그만둘 이유가 없어서 계속하다 보니 직업은 늘어났고, 나를 찾아주는 곳도 많았다. 감사한 일이었다. 물론 가끔 턱 끝까지 숨이 차도록 힘들기도 했다. 밤새워 일하다가 이유 없이 눈물이 흐를 정도로 하기 싫은 날도 있었다. 그래도 그냥 했다. 어느 순간 셋이서 사는 투룸이 답답하게 느껴져도 애써 무시했다. 서울에서 한 달에 2~30만 원 정도의 비용으로 이만한 집에 살기는 어려웠기 때문이다. 더 넓은 집에 가는 그날까지 그렇게 더 버틸 줄 알았으나, 어느 날 번뜩 의문이 들었다.

'도대체 언제까지 이렇게 살아야 하지?'

대중교통을 타고 이동하는 내 시간이 택시비보다 더 비싸지는 순간이 온다. 2만 원을 더 쓰더라도 30분을 아끼는 편이 훨씬 합리적으로 느껴지는 날이 언젠가 온다. 나도 그랬다. 월세를 아껴보자고 침대 옆에 붙어 있는 책상에서 밤새워 일하다 지쳐 쓰러져 잠드는 환경에서 더 이상 살고 싶지 않았다. 더 넓은 주방에서 나를 위한 요리를 하고 싶었다. 나만의 방에서 편안하게 잠들고 싶었다. 이제는 주거에 돈을 더 할애해야만 하는 때가 왔음을 나는 직감으로 알았고 곧바로 행동했다. 더 큰 집이라는 그릇에 나를 뒀다. 집에 쓰는 비용이 두 배 이상 늘었지만 내가 느끼는 효용은 그 이상이다. 주변 친구들은 이사 이후 나의 혈색이 밝아지고 인상이 좋아졌다며 입을 모은다. 실제로 나는 훨씬 행복해졌다.

과거에 얽매인 사람은 우울 장애에 시달릴 가능성이 크고, 미래만 보는 사람은 불안 장애를 겪을 수 있다는 말을 들었다. 그 말을 듣는 순간 나의 만성적인 불안이 떠올랐다. 계속해서 미래를 그리며 일어나지도 않을 일을 걱정하는 나. 삶을 대하는 긍정적인 태도는 좋지만, 현재를 경시하는 버릇은 고치고 싶었다. 30대에 자가가 없는 건 이상한 일이 아닌데 왜 지금까지 아파트 매수만을 원해왔는지 모르겠다. 지금 당장 서울에 있는 아파트를 살(Buy) 수는 없지만, 살아(Live)볼 수는 있지 않은가. 결혼할 생각은 없지만 혼자 살 생각도 없는 모든 사람에게 아파트 월세살이, 공동생활을 강력히 추천한다.

인생은 어차피 계획대로 되지 않는다. 사람의 생각은 몇 달 사이에도 천지개벽하듯 바뀔 수 있다. 정규직만을 고려하던 나는 프리랜서로 회사, 칵테일바 창업, 유튜브 채널 운영 등의 일을 하며, 이제는 정규직 제안이 와도 고사한다. 5년 전에는 상상도 못 할 일이다. TV PD만이 정답인 줄 알았던 내 고집은 디지털 PD로서 경력 1년 차가 채 되기도 전에 꺾였다. 변화하는 세상에 발맞춰 유연하게 움직이니 인생 계획에 대한 나의 태도도 바뀌었다. 지금 정답이라고 느껴도 정답이 아닐 수 있고, 강렬히 원해도 이뤄지지 않는 일은 너무나 많다. 그러니 미래에 과하게 집착할 필요가 없다.

　　오늘은 주어졌고, 내일은 아직 오지 않았다. 수많은 사
건 사고를 볼 때마다 생각한다. 내가 눈을 뜨고 숨 쉬며 움
직이는 오늘을 사랑해야만 한다고. 오늘의 나에게 최선의
하루를 선물하고, 지금의 내가 잘 지낼 수 있게 스스로 잘
돌봐야 한다고. 내가 두 발을 붙이고 있는 이 현실에 주의
를 기울이자 놀랍게도 마음속 깊이 존재하던 불안도 조금
씩 줄어들었다. 여전히 노력이 필요하지만, 나는 더 이상
행복을 유예하며 살지 않을 생각이다. 더 나은 내일이 아니
라, 꽤 괜찮은 오늘을 위해 살고 싶다. 내일을 위해 나의 오
늘을 희생하지 않을 것이다. 오늘이 좋아야 그보다 좋은 내
일이 오니까.

에필로그

지난 10여 년의 자취 생활을 되돌아본다. 집 나오면 개고
생이라는 말을 비웃으며 본가를 나섰던 스물한 살과 그런
나를 혼쭐낸 눈물 젖은 고시텔. 오피스텔 이사를 앞두고 무
거운 겨울 이불과 온갖 살림살이를 혼자서 광역 버스로 옮
기던 스물둘, 아르바이트를 세 개씩 하다가 길거리에서 어
지러워하던 스물넷, 그렇게 모은 돈을 쥐고 부모님 몰래 떠
난 제주도 한달살이도 잊을 수 없다. 거듭되는 취업 실패에
소주잔을 기울이던 서울역 인근 빌라의 옥탑과 시끌벅적
하던 투룸도 떠올리니 여전히 생생하다. 그 시절의 나와 지
금의 나를 비교하면 나는 확실히 덜 울고, 더 차분하고, 훨
씬 잘 잔다. 언뜻 생각하면 인생이 한층 재미없어진 기분도
든다.

　　많은 것이 변했다. 나는 경제적으로 독립했고, 더 이상

부모님의 잔소리를 듣지 않는다. 먹고 살 걱정에 잠 못 이루던 밤은 낡은 얘기가 되었다. 과거의 사고방식은 흔적도 없이 사라지고 나는 새집에서 새로운 마음으로 살아가고 있다. 10년이라는 시간은 이렇게나 힘이 세다. 그래도 변하지 않은 것이 딱 하나 있다면 바로 친구들. 내게는 그때나 지금이나 한결같이 곁을 지켜준 친구들이 있다. 모든 사람 사이가 그렇듯 우리 집도 매일 웃음꽃이 피어나지는 않지만, 친구들과 함께 살아서 내 삶은 충만해진다. 그전까지 몰랐던 나를 찾아가며 나의 취향이나 취미를 알게 되는 재미도 있다.

나는 계절이 바뀔 때마다 제철 음식을 먹는 사람이다. 봄이 오면 두릅을, 여름에는 수박을, 가을에는 대하와 참나물을, 겨울엔 꼬막을 찾는다. 오뉴월, 마늘종이 제철을 맞으면 잔뜩 사서 장아찌를 만들고 새 반찬통을 구매한다. 간이 잘 밴 마늘종을 적당히 담아 친구들에게 나눠 주는 게 내 낙이다. 샐러드용 채소를 1킬로그램씩 사서 주변 동생들에게 '무나'하고, 룸메이트의 생일에는 미역국을 끓이며 하루를 시작한다. 친구에게 들려 보낸 반찬통은 다시 다른 음식으로 가득 찬 상태로 나에게 돌아오고, 내 생일에는 룸메이트가 생일상을 차린다. 따로 또 같이 살아내는 하루와, 하루 끝에 돌아가는 우리 집에서 나는 큰 안정감을 느낀다. 아직은 이런 삶이 더 좋은 걸 보면, 한동안 나의 공동생활은 계속될 것 같다.

언젠가 내게도 혼자서 사는 날이 올지도 모른다. 본문에도 적었듯 공동생활이 정답은 아니고, 넓은 집에서 혼자 사는 게 최고일 수도 있다. 하지만 지금 당장 혼자 넓은 집에서 살 수 없다면 친구와 힘을 합쳐 더 나은 환경에서 살아보는 것도 좋지 않을까? 나와 다른 타인을 이해하고 그와 섞여 함께하는 생활. 인생을 살면서 한 번쯤 살아볼 만한 거주 형태라고 생각한다. 남을 이해하게 되는 만큼 나를 돌아보고, 그로 인해 한 뼘씩 자라는 내 모습이 꽤 좋다. 무엇보다 만족스러운 건 내 삶을 주체적으로 꾸렸다는 사실이다. 내가 원해서 하는 일로 번 내 돈으로, 내가 고른 집에서, 피는 섞이지 않았지만 내가 직접 꾸린 내 가족들과 함께하는 일상이 좋다. 더할 것도 뺄 것도 없이 지금 이 상태로 우리는 완전하다.

남이 운전하는 차보다 스스로 운전하는 걸 더 좋아하

는 내가 인생이라는 길 위에서 언제나 운전대를 잡을 수 있기를, 내 삶의 주인이 계속해서 나이기를 바라면서 마친다.

투룸 입성 후 신나서 찍은 필름 사진. 저 때는 그 집에서 10년도 살 수 있다고 생각했는데. 사람은 자라고 마음도 변한다. 그래도 내가 서울에서 처음으로 정 붙였던 집, 나를 성장케 했던 공간. 저 집이 아니었다면 지금의 나도 없지 않을까?

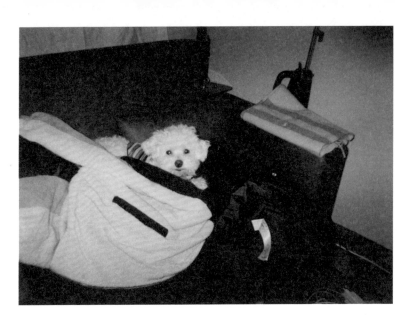

옛날 집에서 구름이가 가장 좋아하던 공간인 소파. 겨울 외투를 대충 두면 꼭 그 위를 비집고 올라가 몸을 동그랗게 말고 나를 쳐다봤다. 돈 없던 취준생 시절이라 제대로 된 마약 방석 하나 못 사줬던 기억이 난다. 강아지를 잘 키워 보겠다는 다짐 하나로 보냈던 치열한 시간이 스쳐간다. 김구름, 출세했다!

◨

투룸 시절 룸메이트1과 둘이 쓰던 큰방.
공간이 협소해 접이식 책상을 사용했다.
공부와 식사, 편집과 부업도 모두 저 책상
에서 했다. 저 때도 나는 어쩔 수 없는 우
드 러버였나 보다. 지금은 좀 더 어두운
브라운 톤의 가구를 더 좋아한다.

◨

전 룸메 현지와 구름이. 극악의 워라밸로
유명한 회사에 취업하는 바람에 현지의
멘탈도 같이 깨졌다. 우리는 서로가 우울
하거나 힘들 때마다 함께 술을 마셨는데,
그럴 때마다 현지는 구름이를 끌어안고
하소연을 했다. "구름아 어떡하니이. 나
너무 힘들어엉" 하면서. 구름이의 표정은
언제나 썩 달가워 보이지 않았다.

침대와 책상으로 발 디딜 틈 없던 투룸의 큰방에서 작업 중인 현지와 구름. 현지의 맞은편에 책상 하나가 더 있는데, 벽과 책상 사이에 그야말로 꽉 낀 채로 많은 밤을 새우며 영상을 편집했다. 실버버튼이라는 영광에 혁혁한 공을 세운 우리만의 작업실!

제법 진지해 보이는 나와 머쓱하게 등장한 친구의 손가락. 웹 예능 〈뉴토피아〉 제작에 골머리를 앓던 시절이다. 뭐가 그렇게 고민이었을까, 모두 다 해결될 일이었는데. "너 꽤 잘 해내니까 너무 걱정하지 마." 그때의 나에게 전하고 싶은 한마디.

■

정든 집을 새로운 마음으로 다시 사랑하기 위해 마련했던 편의점 테이블. 테라스에 두고 친구들을 불러 모아 즐거운 밤을 보냈다. 내 친구를 룸메이트들에게 소개해 주고, 그렇게 또 친구가 되고. 선선한 바람을 맞으며 불편한 의자에 앉아 기울이던 소주잔이 가끔은 그립다.

▬

나의 14년지기 친구 도하와 룸메이트 현지. 나는 내 친구와 또 다른 친구를 소개하고 잘지내게 만드는 이상한 재주가 있다. 원래 알던 사이처럼 인사하고 다 함께 보내는 편안한 시간이 좋다.

마주 보고 잠을 청할 때면 꼭 내 얼굴을 밀어대는 김구름. 왜 그러니?

대학 졸업 후에도 인생을 함께할 동반자를 만날 수 있다. 이 사실을 증명하는 나의 파트너 강민지, 서솔, 허휘수. 비슷한 일을 해서 누구보다 서로의 고충을 잘 알고, 각기 다른 방법으로 내 편을 들어 준다. 운명처럼 만나 함께한 지도 벌써 5년. 공들여 만든 반찬을 나눠 주거나, 여행을 떠나면 서로를 생각하며 선물을 사다 주는 사이. 이 친구들과 함께할 때면 나는 무엇이든 할 수 있을 것 같다는 마음에 사로잡힌다. 막막한 미래도 두렵지 않다.

불어터진 얼굴로 치약을 짜는 내 친구 허휘수.
앞으로도 시간이 허락할 때마다 훌쩍 함께 떠날 수 있기를.

'마리'라는 고양이를 키우며 함께 사는 예린이와 민서.
구름이와 내 룸메 윤.

우리는 모르는 사이였지만 서로가 서로의 매개가 되어 다 함께 여행을 떠나는 관계가 됐다.
넷 다 결혼하지 않고 할머니가 될 때까지 이렇게 놀자고 도원결의했다.

영원히 보고 싶은 웃음.

운동을 싫어하지만 구름이와 함께라면 전속력으로 달리는 나의 룸메이트.

멋진 중년을 함께하고 싶은 나의 친구들. 나이는 다 다르지만 우리는 모두 친구!

아무래도 내 방보다 윤의 방을 더 좋아하는 듯한 김구름. 동물은 귀신같이 자기를 좋아하는 사
람을 알아챈다던데, 윤이 구름이에게 푹 빠졌다는 걸 이미 아는 걸까. 어느새 옆자리를 자연스레

내주는, 물을 마신 후 턱을 타고 뚝뚝 물이 흘러도 개의치 않아 하는, 혼자 있는 강아지를 위해 서둘러 퇴근하는 윤과 그 곁에서 아주 편안해 보이는 구름이. 이 투샷이 좋다.

아파트로 이사하고 생긴 나만의 화단! 열 개가 넘는 화분을 들여 열심히 키운다. "햇볕 좀 맞아 봐~", "목 말랐지" 등의 내 혼잣말을 받아주는 소중한 친구들. 바빠서 조금만 정신을 놓으면 금방 죽어 버려 속상하지만, 나의 식집사 생활은 계속될 것이다.

집안사람들이 모두 일어났다는 사실을 깨달으면 구름이는 곧바로 거실에 있는 장난감 보관함으로 달려가 인형 하나를 물고 총총 달려온다. 장난감은 절대 내려놓지 않고 입에 문 채 몸을 길게 늘이는 게 구름이의 모닝 루틴. 집이 넓어지고 김구름의 놀이터도 커졌 다. 덕분에 매일 신나게 뛰어다니며 노는 구름이. 개 팔자가 부럽다.

▬
베란다를 지키는 용맹한 김구름.
화분을 넘어뜨릴까 마음을 졸이는 건 언제나 나의 몫이다.

▮
서울에 입성한 후 처음으로 가지게 된 나만의 방. 눈이 부시게 아름답다!

여자 셋이 모이면 집이 커진다

초판 1쇄 발행 2024년 11월 28일
초판 2쇄 발행 2024년 12월 3일

지은이 김은하
펴낸이 정지은

펴낸곳 ㈜서스테인
출판등록 2021년 11월 4일 제2021-000166호
전화 070-7510-8668
팩스 0504-402-8532
이메일 sustain@sustain.kr

ISBN 979-11-93388-14-3   03810